MIREILLE ARNAUD

Dein Atem auf meiner Haut

Buch

Vor vielen Jahren hat Mireille Paul ein Gemälde mit einer Widmung geschenkt, die lautete »Wir sind füreinander bestimmt«, und davon waren sie immer überzeugt gewesen. Umso betrüblicher ist es, daß Paul die Beziehung kurz und schmerzlos nach immerhin sieben gemeinsamen Jahren beendet. Aber Mireille läßt sich nicht in den Sog des Kummers hinunterziehen und beschließt, auf eine Reise zu gehen. Sie lernt sich selbst neu kennen und genießt ihre neugewonnene Freiheit: Erstmals hat sie eine Affäre mit einer Frau, schließt Freundschaften mit Künstlern und verkehrt in Kreisen der Haute Couture – und sie begegnet Philippe, der sich als ein sinnlicher und leidenschaftlicher Liebhaber erweist. An der Côte d'Azur verbringen sie zusammen zwei aufregende Wochen, die Mireilles Leben von Grund auf verändern …

Autorin

Mireille Arnaud ist das Pseudonym einer Schriftstellerin erotischer Liebes- und Beziehungsromane.

Mireille Arnaud
Dein Atem auf meiner Haut
Roman

PORTOBELLO

Umwelthinweis:
Alle bedruckten Materialien dieses Taschenbuches
sind chlorfrei und umweltschonend.

Portobello Taschenbücher erscheinen im Goldmann Verlag,
einem Unternehmen der Verlagsgruppe Bertelsmann GmbH

Einmalige Sonderausgabe Mai 2000

Umschlaggestaltung: Design Team München
Umschlagfoto: Tony Stone Bilderwelten/May
Satz: Alinea GmbH, München
Druck: Elsnerdruck, Berlin
Verlagsnummer: 55161
RM · Herstellung: Schröder
Made in Germany
ISBN 3-442-55161-7

1 3 5 7 9 10 8 6 4 2

Für Naomi Joey Fernandez
und Philippe Lepardieu

1

Sein Abgang war ganz schmerzlos gewesen. Ohne Pathos, ohne große Worte. Irgendwie hatten wir uns auseinandergelebt, und ich hatte es gewußt.
Nein, nicht gewußt. Aber ich hatte es geahnt, und als Paul damit herausrückte, war ich nicht einmal besonders überrascht.
»Weißt du, ich habe sie auf einer Geschäftsreise kennengelernt. Eigentlich wollte ich es gar nicht. Es ist einfach passiert. Du mußt mir glauben, daß ich es nicht darauf angelegt habe ...«
»Wie heißt sie?«
»Cézanne. Ich will dich nicht belügen. Irgendwann hättest du es ja sowieso erfahren.«
Ich war unfähig, weiter zu fragen, obwohl mir die Fragen auf den Lippen brannten. Wie sieht sie aus? Wie alt ist sie? Wann und wo bist du ihr begegnet und unter welchen Umständen? Wie ist es möglich, daß du ihr so schnell, so kompromißlos erlegen bist, daß alle unsere Jahre nichts

mehr zählen? Was hat sie, was ich dir nicht bieten kann, was du an mir vermißt?
Ich versagte es mir, alle diese Fragen zu stellen. Vermutlich hätte er nur irgendwelche Ausflüchte gesucht. Rechtfertigungen, die lächerlich gewesen wären. Oder Trost, den ich nicht nötig hatte.
Ich wunderte mich, wie stark ich war. Oder jedenfalls, wie stark ich wirkte. Wie stark ich mich gebärdete. Ich beobachtete seinen unsicheren Blick, seine Verlegenheit. Fast war ich darüber belustigt, wie mühsam er sich anstrengte, aus der unangenehmen Situation herauszukommen.
Ich versagte es mir auch, die übliche Szene heraufzubeschwören.
Das also war das Ende unserer Beziehung, unserer gemeinsamen Zeit?
Als er sich umdrehte und seine Sachen in ein paar Koffer packte, versuchte ich ihn nicht einmal aufzuhalten. Sicher, sieben Jahre waren eigentlich zu lang, um auf diese unrühmliche Art und Weise beendet zu werden. Aber ich schwieg. Unter langen Diskussionen und Erklärungen hätte ich nur gelitten.
Ich stellte mir vor, daß er die geschlossenen Koffer wieder öffnete und die Sachen in den Schrank legte. Ich stellte mir vor, daß alles nur ein Mißverständnis war und er durch die Tür zurückkam. Doch hätte ich diese Rückkehr überhaupt noch gewollt? Ich war müde. So

müde, daß ich nicht einmal streiten wollte. Ich haßte Auseinandersetzungen.
Ich erinnerte mich, daß ich ihm ein wertvolles Gemälde geschenkt hatte mit der Widmung: »Wir sind füreinander bestimmt.« Damals hatte ich tatsächlich an diese Widmung geglaubt. Sie entsprach vollkommen meiner Überzeugung und auch seiner. Er hatte darunter geschrieben: »Für ewig.« Wir hatten das Bild in den Flur über eine Kommode gehängt. Dort hing es immer noch.
Ich brauchte mehrere Tage, um über die Trennung und den Verlust hinwegzukommen. Dann wußte ich, daß ich mich erholen und ein neues Leben beginnen mußte.
Ich wünschte mir wirklich nicht, ihn wieder zu treffen. Ich wollte nicht einmal mit ihm telefonieren, ganz abgesehen davon, daß ich seine derzeitige Nummer gar nicht kannte. Wir hatten einen Schlußstrich gezogen, ohne uns eine Hintertür offenzuhalten. Diese Endgültigkeit bestärkte mich noch in meinem Entschluß. Ich war mir jetzt sicher, daß es vorbei war, und je unumstößlicher diese Tatsache war, desto mehr ging ich daran, mein Leben darauf einzustellen. Ich mußte eine andere Luft atmen, in einer anderen Umgebung leben, wenigstens vorübergehend.

Während sich die Sonne anschickte, über die grünen Hügel zu steigen, warf ich meine beiden vollgepackten Reisetaschen in den Kofferraum meines Cabrios. Die brütende Hitze, die in diesen Tagen die Mittagsstunden füllte, schlummerte noch in den Wäldern der Vogesen. Ich hatte mir ein Baumwollkleid übergestreift, an dessen duftigem Stoff meine Brustspitzen rieben. Ich liebte es, keinen BH zu tragen, und manchmal verzichtete ich sogar auf ein Höschen. Ich weiß, daß Paul diese Freiheit immer gefallen hat, aber auch jetzt, wo ich auf ihn keine Rücksicht mehr zu nehmen brauchte, blieb ich dabei. Schließlich verfolgte ich mit dieser Gewohnheit nicht nur den Zweck, ihn zu erfreuen; auch mir selbst gab sie ein Gefühl der Ungezwungenheit.

Ich setzte mich auf den Fahrersitz. Die Sonne war inzwischen über den Baumkronen aufgegangen und hüllte die Landschaft in ein flimmerndes Licht. Lange Strahlen verkündeten einen heißen Sommertag und wärmten meine Haut.

Ein paar Tage ausspannen. An der Côte d'Azur würde ich auf andere Gedanken kommen. In Cavalaire sur Mer hatte ich ein kleines Ferienhaus. Wenn ich keine größere Pause einlegte, würde die Fahrt nur ungefähr acht oder neun Stunden dauern.

Ich nahm die Auffahrt zur Autoroute in Richtung Dijon–Lyon. Trotz der Ferienzeit war die Strecke nur wenig belebt. Die meisten scheuten die teuren Gebühren. In den letzten Tagen hatte ich Chansons aufgenommen, die ich gern hörte,

und ich legte die Kassette ein, um während der Fahrt ein wenig Unterhaltung zu haben. Die Seitenscheibe hatte ich einen Spalt geöffnet. Der Fahrtwind streichelte meine Stirn, mein Haar.
Auf irgendeine Art fühlte ich mich schon viel besser als in den vergangenen Tagen. Euphorisch, unabhängig, niemand mehr Rechenschaft schuldig.
War ich auch glücklich? Ich wußte es nicht. Während die unnachahmliche Stimme von Patricia Kaas den Wind übertönte, vergaß ich vorübergehend Paul und den Umstand, daß ich zum ersten Mal seit mehreren Jahren allein verreiste. Nie während unserer Beziehung hatte ich allein eine Reise geplant, geschweige denn unternommen. Ohne besondere Absprache war es immer ganz selbstverständlich gewesen, daß wir jede freie Minute zusammen verbrachten. Jetzt fuhr ich also erstmals wieder allein nach Südfrankreich, und wider Erwarten, zu meiner eigenen Überraschung, genoß ich diesen Zustand wie ein Abenteuer, das ich längst verlernt hatte.
Es würde gewiß nicht sehr vergnüglich sein, viele Stunden nur auf der Autoroute zu verbringen. So beschloß ich, bei Besançon die Autobahn zu verlassen, und fuhr auf der Landstraße weiter in Richtung Bourg. Natürlich war diese Strecke zeitaufwendiger, aber die abwechslungsreiche Landschaft versetzte mich in Urlaubsstimmung, und die war mir trotz des Zeitverlusts viel wichtiger.

Bei der nächsten Gelegenheit fuhr ich an den Straßenrand und klappte das Verdeck herunter. Da ich jetzt nicht mehr so schnell fuhr, konnte ich den Wind und die Wärme des Tages viel mehr genießen.
Von nun an drängte mich keine Eile mehr. Niemand würde mich in Cavalaire erwarten. Ob ich zehn oder zwölf Stunden brauchte, blieb allein mir überlassen: Ich besaß einen Schlüssel zum Haus, und selbst wenn ich erst bei Nacht eintreffen sollte, war das völlig gleichgültig. Ich blickte in den Rückspiegel und kontrollierte meine Frisur, mein Gesicht. An beidem fand ich nichts auszusetzen.
»Du bist die attraktivste Frau, die ich jemals kennengelernt habe!« Wie oft hatte Paul mir dieses Kompliment oder ähnliche ins Ohr geflüstert! Jetzt konnte ich über derartige Galanterien nur noch lächeln. Hatte er selbst für die Vergänglichkeit solcher Komplimente nicht den Beweis erbracht? Es gab auch andere Geliebte, die ganz ordentlich aussahen und sich gut zurechtzumachen verstanden …
Nun ja, im großen und ganzen konnte ich mit meinem Aussehen zufrieden sein. Es gab eigentlich keinen Punkt, den ich als ins Gewicht fallenden Mangel empfand. Meine langen, kastanienfarbenen Haare trug ich normalerweise zu einem Zopf zusammengebunden, jetzt wehten sie ungebändigt im Wind.
Ich kann nicht beurteilen, ob meine Nase und

mein Mund schön im herkömmlichen Sinn sind. Paul hatte meine Lippen immer als sinnlich bezeichnet und festgestellt, daß meine Nase schön sei. Aber ist Schönheit nicht einfach nur Geschmackssache? Ich finde, daß sie zum wesentlichen Teil von innen kommt. Die Porzellangesichter der Mädchen in Modeheften und auf den Titelseiten der Zeitschriften halte ich ohnehin für nichtssagend. Manchmal können gerade kleine Mängel erotisch sein und für eine besondere Faszination sorgen.

Ich spürte, daß ich eine kleine Pause brauchte. Fast immer, wenn ich länger als zwei Stunden am Steuer saß, stellte sich ein lästiges Ziehen, eine Verspannung in meinem Nacken ein. Bei der nächsten Gelegenheit wollte ich einen Kaffee trinken und mich mit einem kleinen Imbiß stärken.

Zu diesem Zweck fuhr ich kurz vor Bourg von der Landstraße herunter. Rechts der Straße lag ein gemütlich aussehendes kleines Restaurant. Auf dem Parkplatz standen mehrere Wagen mit Kennzeichen aus der Gegend, was darauf schließen ließ, daß das Lokal bei Einheimischen einen guten Ruf genoß. Ich lenkte mein Cabrio den abschüssigen, kurvigen Weg hinunter und fand etwas abseits einen Stellplatz unter dem weit ausladenden, schattenspendenden Binsendach eines Autoports. Die Terrasse des Lokals lag nur unweit entfernt. Beim Aussteigen rückte ich mein Kleid zurecht und zog es ein bißchen tiefer über meine Schenkel. Zielstrebig schritt ich die Treppen hinauf und suchte mir auf der sonnigen Terrasse einen Platz an einem Tisch, der noch unbesetzt war und ziemlich am Ende der Balustrade stand. Fast gleichzeitig kam der Kellner, öffnete mir den Sonnenschirm und fragte nach meinen Wünschen. Ich bestellte ein Getränk und suchte aus der Karte ein kleines Menü. Danach hatte ich Zeit, mich umzusehen und die Umgebung zu betrachten. Die Gäste waren überwiegend damit beschäftigt, in Zeitungen oder Zeitschriften zu blättern. Andere leerten ihre Teller oder vertrieben sich die Zeit mit Konversation. Der Wind war angenehm mild und verfing sich in dem gelbblauen Leinen meines Sonnenschirms. Das Ziehen in meinem Nacken ließ nach. Drüben auf der vorbeiführenden Straße mischte sich der Touristen- mit dem Stadtverkehr.

Ich bemerkte den Mann zum ersten Mal bewußt, als er mich anlächelte. Es war ein fast unscheinbares Lächeln, das aber gerade deshalb eine um so nachhaltigere Wirkung hinterließ. Mein Blick, der zunächst über ihn hinweggegangen war, kehrte zurück und verharrte, nur einen kurzen Augenblick und ein wenig verwirrt, in seinem. Sein Lächeln vertiefte sich.

Ist es nicht merkwürdig, daß es oft nur ganz winzige, banale Gesten oder Zeichen sind, die

unser Schicksal wie zufällig bestimmen und beeinflussen?
Wir lächelten uns zu, musterten einander aus der Entfernung, forschten und lasen in dem anderen, und plötzlich, nach einer ebenso kurzen wie höflichen Verbeugung des Fremden, saßen wir uns an meinem Tisch gegenüber. Mit klopfendem Herzen hatte ich registriert, daß er aufgestanden und zu mir herübergekommen war.
Eine Weile sagte er überhaupt nichts. Er saß nur da und blickte mich an, und ich wurde immer nervöser. Die Situation erschien mir geradezu kurios, eigenartig. Warum hatte er überhaupt den Kontakt mit mir aufgenommen? War er nicht an meinen Tisch gekommen, hatte er nicht den ersten Schritt getan? Und jetzt saß er nur da, stumm und schweigend, ohne jede Hast oder Aufregung, und schien zufrieden.
Ich beschränkte mich darauf, seine Finger zu betrachten, die feingliedrig und gepflegt waren. Die Hände eines Mannes waren mir sehr wichtig. Ich fand, daß sie eine Menge auszusagen vermochten. Ich sah in sein Gesicht, das männlich-markante, aber auch aristokratische Züge aufwies. Seine Haut war von der Sonne gebräunt. Trotz der Hitze des Tages trug er einen leichten, vermutlich italienischen Anzug.
Er studierte mich intensiv und mit der Offenheit eines Experten, und sein in sich ruhendes Lächeln, seine Augen, sein ungewöhnliches Ver-

halten begannen mich völlig zu verwirren. Ich wußte nicht, wie ich ihn einordnen sollte.
War er wirklich so schüchtern, wie er tat? Oder war er ganz im Gegenteil ein Draufgänger, der unter dem Mantel seiner scheinbaren Zurückhaltung nur einen besonders erfolgreichen Feldzug zu führen gedachte?
Ich befeuchtete mit der Zunge meine Lippen. Hitze durchströmte meinen Körper.
Normalerweise habe ich genügend Selbstbewußtsein, um unerwünschte Verehrer zurückzuweisen oder Nachstellungen, die mir lästig sind, mit Nachdruck zu unterbinden. Häufig genug war ich schon Objekt mehr oder weniger unverhüllter Annäherungsversuche gewesen. Über die Jahre hinweg hatte ich mir eine gewisse Erfahrung und Souveränität zugelegt. Doch dieser Fremde bewegte sich abseits aller Strategien. Er überwältigte mich mit seinen Augen, seinem Lächeln und seinem Schweigen, und ich rätselte, warum mich ausgerechnet dieses wenig originelle Manöver in Unsicherheit zu stürzen vermochte.
War ich überhaupt sicher, daß ich seine Annäherung von mir weisen wollte?
»Ich heiße Philippe«, brach er endlich das Schweigen.
Seine Worte lösten die aufgestaute Spannung zwischen uns.
Ein bißchen zu hastig nannte ich meinen Namen.

»Sie sind allein unterwegs?«

Seine Stimme war dunkel und wohlklingend, genauso faszinierend wie der unergründliche Schimmer in seinen Augen. Er blickte wie hingerissen in mein Gesicht.

Ich war unfähig, mich locker und natürlich zu bewegen, und ich ärgerte mich, daß ich ihm gegenüber so befangen war. »Ja«, sagte ich, ebenfalls ein Lächeln versuchend. »Ich fahre in die Nähe von Saint Tropez, nach Cavalaire. Im Moment lege ich nur eine kleine Pause ein.«

»In die Gegend von Saint Tropez?« Er war sichtlich überrascht. »In der nächsten Woche stehen ein paar geschäftliche Termine an der Côte d'Azur auf meinem Programm. In dieser Zeit werde ich bei einem Freund in Sainte Maxime wohnen. Vielleicht können wir uns dann treffen?«

»Schon möglich«, sagte ich lächelnd. Langsam fand ich meine Fassung wieder, und meine alte Selbstsicherheit kehrte zurück.

Ich erfuhr, daß er als Mitinhaber eine bekannte Modellagentur in Paris leitete und auf dem Weg nach Cannes war, wo in nächster Zeit Mode- und Werbeaufnahmen stattfinden sollten. In Bourg hatte er eine Zwischenstation eingelegt, um einige Mädchen zu begutachten, die sich bei der Agentur als Models beworben hatten.

»Ich glaube, daß auch Sie eine gute Chance bei uns hätten«, sagte er, und ich wußte nicht, ob er mich auf den Arm nehmen wollte.

Lachend – was bei ihm ein beleidigtes Gesicht

zur Folge hatte – wehrte ich ab. »Sie brauchen sich nicht anzustrengen. Ich könnte mir sowieso nicht vorstellen, das schreckliche Leben eines Models zu führen. Und außerdem bin ich für dieses Geschäft schon viel zu alt.«

»Na, Sie sind doch im besten Alter«, schmeichelte er.

»Danke für das Kompliment«, sagte ich. »Trotzdem bin ich nicht im geringsten interessiert. Ich habe bereits eine Arbeit, die mir gefällt und mich vollständig ausfüllt, und die Karrieren der Mädchen, die Sie suchen, sind mir viel zu schnellebig, zu sehr von Zufällen und dem Wohlwollen anderer abhängig. Das ist nicht die Welt, in der ich leben wollte.«

»Schade«, erwiderte er ein wenig enttäuscht, »daß ich Sie nicht überzeugen kann. Aber Sie haben mich in erster Linie auch gar nicht von Berufs wegen interessiert ...«

»Sondern?« fragte ich provozierend. »Dabei hatte ich mir schon eingebildet, Ihren sachverständigen Ansprüchen zu genügen.«

Jetzt war er an der Reihe, Unsicherheit zu zeigen. Er wand sich, und ich registrierte es mit einer Spur von Schadenfreude.

»O ja, Sie würden bestimmt allen Voraussetzungen genügen, die man für diese Arbeit braucht«, beharrte er fast aufbegehrend. »Aber eigentlich bin ich doch froh, daß Sie keinen Vertrag bei uns wollen. Die meisten der Mädchen beschränken sich darauf, hübsch zu sein, unpersönlich hübsch. Sie sehen, ich rede gegen meine eigenen beruflichen Interessen.«

»Ja, eigentlich müßten Sie doch behaupten, daß der Ruhm und der Erfolg Ihrer Mädchen sehr erstrebenswert sei.«

»Stimmt auch«, erklärte er, »aber es sind nur wenige, die sich durchsetzen und für die es sich lohnt, die Strapazen dieses Geschäfts auf sich zu nehmen. Wer ist dabei schon imstande, seine Persönlichkeit zu bewahren? Die paar Mädchen kann man an einer Hand abzählen. Sie sind die Ausnahme in der Masse. Im übrigen befinde ich mich unentwegt in einem Dilemma. Die meisten Mädchen, die ich engagiere, entsprechen nämlich privat absolut nicht meinem Geschmack.«

»Und dann wollten Sie mich zu diesem Job überreden?« lachte ich scheinbar entrüstet.

Philippe schüttelte den Kopf. »Inzwischen haben Sie mir ja klargemacht, daß Sie keine Karriere in meiner Branche anstreben. Darf ich trotzdem noch mehr über Sie erfahren?«

»Aus beruflichen oder privaten Gründen?«

»Rein privat.« Er setzte sich in seinem Stuhl zurück, erleichtert, als seien erst jetzt die Fronten zwischen uns wirklich geklärt.

Der Kellner brachte den kleinen Imbiß, den ich bestellt hatte, und Philippe wies ihn darauf hin, daß er den Tisch gewechselt hatte.

»Ich war ohnehin ganz unschlüssig, wie ich Sie einordnen sollte«, sagte er. »Ich gebe zu, meine

Agentur war nur ein Vorwand, mit Ihnen ins Gespräch zu kommen. Mit meinen Mädchen habe ich Sie nie verglichen. Sie sind viel reifer, erfahrener ...«

Ich mußte lachen. »So so. Und woher wollen Sie das wissen?«

»Nun, ich glaube, daß ich das schon beurteilen kann«, bemerkte er. »Darf ich fragen, was Sie arbeiten?« Er runzelte die Stirn und faltete die Hände. »Nein, lassen Sie mich raten. Ich denke, Sie sind Astrologin, vielleicht Grafikerin, in jedem Fall müssen Sie Künstlerin sein, und Sie haben mit Sicherheit einen kreativen Beruf. Habe ich recht?«

»Na ja«, antwortete ich amüsiert. »Künstlerin ist wohl ein bißchen übertrieben. Ich schreibe für einige Zeitschriften, das ist alles.«

»Sehen Sie, dann bin ich mit meiner Einschätzung doch gar nicht so falsch gelegen«, beharrte er auf seiner Einschätzung. »Irgendwie ist auch das Schreiben eine Kunst.«

»Es ist harte Arbeit«, berichtigte ich lachend. Es war mir nicht sehr angenehm, daß Philippe mir zusah, wie ich mein Menü verzehrte. Er hatte lediglich eine Tasse Kaffee bestellt und betrachtete mich ununterbrochen.

»Welche Art von Artikeln schreiben Sie denn?« fragte er neugierig.

»Das richtet sich ganz nach dem Auftrag, den mir die Redaktion erteilt«, erklärte ich. »Meistens handelt es sich um Dokumentationen oder Reportagen aus aktuellem Anlaß, das ist sozusagen mein journalistischer Alltag, aber wenn mir Zeit bleibt, schreibe ich auch Romane oder Kurzgeschichten.«

»Dann weiß ich ja wenigstens, was ich demnächst lesen werde«, prophezeite er lachend. »Bestimmt schreiben Sie über interessante Themen.«

»O ja«, bestätigte ich lachend. »Aber ich werde Ihnen keinen Titel nennen. Dazu kenne ich Sie viel zuwenig. Nur soviel will ich verraten: Die meisten Geschichten handeln von der Beziehung zwischen Mann und Frau.«

»Sie schreiben über Sex und Erotik?«

»Ja, auch darüber.«

»Du meine Güte«, antwortete er belustigt, »dann sind Sie auf diesem Gebiet also eine Expertin? Jetzt haben Sie erst recht meine Neugier geweckt, und wir müssen uns unbedingt wieder treffen. Ich bin ganz versessen darauf, mehr von Ihnen zu erfahren.« Er sah auf die Uhr an seinem Handgelenk. »Schade, ich muß schon gehen, weil ich meine Geschäftstermine nicht absagen kann. Aber ich hoffe doch, daß wir uns an der Côte d'Azur wiedersehen werden? Sie müssen mir wenigstens Ihre Adresse verraten.«

Er schrieb sich meine Anschrift auf einen kleinen Zettel und steckte ihn in die Innentasche seiner Jacke. »Ich freue mich schon sehr darauf, unser Gespräch fortzusetzen. Irgendwie habe

ich eine Ahnung, daß wir uns in der Zukunft noch viel zu erzählen haben ...«
Er stand auf und entschuldigte sich, daß er mir nicht länger Gesellschaft leisten könne. Sein Händedruck war fest, und der Kontakt beschleunigte meinen Puls. Ich ertappte mich, daß ich ihm länger nachsah, als ich das bei anderen Männern getan hätte.
Am Ausgang der Terrasse drehte er sich noch einmal um und lächelte mir zu. Ich lächelte zurück und versuchte sein Alter zu schätzen. Er hatte einen festen, sportlichen Gang und schwarzglänzende Haare. Erste graue Strähnen an seinen Schläfen wiesen auf Jahre um die Vierzig hin. Aber ich war mir unsicher. Allein die Haarfarbe war kein untrügliches Indiz und schon gar kein Beweis. Manche Männer ergrauen bereits mit dreißig, und andere haben noch mit fünfzig keinen einzigen Silberfaden im Haar.
Ich aß mein Menü zu Ende und beeilte mich, auf die Straße zurückzukommen.
Nun, da ich nach dieser Begegnung wieder in meinem Cabrio saß, befand ich mich in geradezu enthusiastischer Stimmung. Meine Unbeschwertheit hatte noch zugenommen, ich war fröhlich, übermütig und hellwach. Dieser Fremde namens Philippe hatte Paul und alles, was mit ihm zusammenhing, schlagartig aus meinen Gedanken verdrängt. Plötzlich sah ich die Reise nach Cavalaire nicht mehr vor allem als

Therapie, um über die Trennung von Paul hinwegzukommen, sondern als Abenteuer, als Neuanfang. Philippe hatte dafür gesorgt, daß sich mein Leben wieder mit Spannung füllte. Plötzlich sah ich den kommenden Tagen und Wochen mit einer kaum zu bändigenden Ungeduld entgegen. Es war erstaunlich, wie schnell ich Paul zu vergessen vermochte. Eine kurze Rast hatte ausgereicht. Ab Lyon nahm ich wieder die Autoroute nach Süden. Jetzt wollte ich zügig vorankommen, ohne zu wissen, warum. Weil meine Gedanken abschweiften und sich mit allen möglichen Bildern beschäftigten, wurde mir die Eintönigkeit der Strecke gar nicht so recht bewußt. Ich fuhr, ohne eine weitere Pause einzulegen, und vergaß sogar die Müdigkeit, die mich nach Hunderten von Kilometern befiel. Gegen Abend erreichte ich La Garde-Freinet, gerade noch rechtzeitig, um den Sonnenuntergang über dem Massif des Maures zu erleben. Ich fuhr durch Grimaud und die Küstenstraße entlang. Wie sehr hatte ich die Provence, deren würzigen Geschmack und den Wind vom Meer her vermißt! Ich genoß den Zauber der Küste mit allen meinen Sinnen. Die Côte d'Azur hatte mich aufgenommen. Etwas mehr als eine halbe Stunde später stand ich vor meinem Ferienhaus in Cavalaire. Ich war endlich am Ziel, weit von allen Problemen entfernt.

2

Mein Ferienhaus liegt oben am Hang der Domaine des Collières. Das Gezwitscher der Vögel, das Quaken der Frösche und das Zirpen der Grillen sorgen für eine idyllische, fast heimelige Atmosphäre. Die üppige Vegetation von Bäumen und Sträuchern reicht über die Hügel bis fast an das Meer hinunter.

Ich habe mir vorgenommen, die Reportage über Kevin Costner, der mit seinem neuen Film weltweite Popularität erlangt hat, für eine der nächsten Ausgaben der »Vogue« endlich fertigzuschreiben. Den Artikel habe ich schon längere Zeit vor meiner Reise begonnen, und in der Stille und Abgeschiedenheit meines Feriendomizils, so dachte ich, würde es mir nach dem Ärger wegen Pauls Eskapaden leichter fallen, mich wieder auf meine Arbeit zu konzentrieren. Doch jetzt stelle ich zu meiner eigenen Überraschung fest, daß ich in große Schwierigkeiten gerate. Mit dem Manuskript komme ich nur

schleppend voran. Immer wieder schweife ich ab. Ich kann meine Gedanken nicht ordnen, sie nicht zusammenhalten. Die Tage wollen nicht vergehen, und immer wieder ertappe ich mich, daß ich auf die schmale Straße hinaussehe, die sich in zahlreichen Windungen von der Küstenstraße den Berg heraufzieht und auch zu meinem kleinen Refugium führt.
Es sind nur wenige Fahrzeuge, die zu den Häusern abseits der üblichen Vergnügungsstätten herauffahren, und alle Blicke sind vergebens. So beginne ich mich damit abzufinden, daß Philippe mich anscheinend vergessen hat. Vermutlich habe ich viel zu große Erwartungen in diese Bekanntschaft gesetzt und nur unnütz meine Gedanken daran verschwendet. Ich ärgere mich über meine kleinmädchenhafte Enttäuschung, in der ich sogar die Konzentration auf meine berufliche Arbeit verloren habe.
Am Abend des fünften Tages steht er ganz unerwartet in der Tür. Ich habe nicht einmal seinen Wagen gehört. Längst habe ich es aufgegeben, auf die schmale Straße zu achten. Ich stehe ihm gegenüber und erkenne ihn sofort. Er lächelt genauso wie damals auf der Terrasse des Restaurants. In seiner Begleitung ist ein dunkelhäutiges, langbeiniges Mädchen. Ich bin ein bißchen irritiert darüber. Warum erscheint er in dieser Begleitung?
Er bemerkt es und stellt die exotische Schönheit an seiner Seite mit ihrem Namen vor: »Das ist

Naomi. Sie hat einen sehr anstrengenden Tag hinter sich. Mit dem heutigen Nachmittag sind ihre Aufnahmen beendet, und ich habe gedacht, daß es nichts schaden kann, wenn ihr euch kennenlernt.«

Ich weiß nicht, wie er darauf kommt. Aber diese Naomi fasziniert mich vom ersten Augenblick an auf ganz eigentümliche Weise. Noch nie habe ich ausdrucksvollere Augen gesehen. Ihre Haut ist schokoladenfarben und ohne jeden Makel. Ihre langen schwarzen Haare haben einen blauschimmernden Glanz. Als sie ihre blutvollen Lippen zu einem Lächeln öffnet, zeigt sich eine Reihe perlweißer Zähne. Ich erinnere mich nicht, daß ein Mädchen oder eine Frau mich jemals derart stark berührt haben. Ich bitte sie herein und bin aufgeregt wie eine Konfirmandin.

Erst jetzt reiche ich dem Mädchen und Philippe die Hände. Der Händedruck Naomis ist fest und paßt zu dem Lächeln, das mich so verzaubert hat. Gemeinsam treten wir auf die Terrasse hinaus, die einen weiten Blick über das Meer und den Hafen von Cavalaire eröffnet.

»Was für ein grandioses Panorama!« schwärmt Philippe, und auch Naomi ist von dem einmaligen Anblick hingerissen. Ein bißchen bin ich stolz.

Vor fünf Jahren habe ich dieses Ferienhaus gekauft. In seine Lage war ich sofort verliebt. Es genügt in der Größe meinen Ansprüchen, und

am liebsten sitze ich an einem ganz bestimmten Platz auf der Terrasse, einem abgeschiedenen Ort, von dem aus ich ungestört auf das Meer und auf den Hafen hinabblicke. Auf der linken Seite wird Saint Tropez von einem Hügel verdeckt. Auf der rechten Seite sind die Ile du Levant und die anderen Inseln zu entdecken.
Philippe bleibt nur eine Viertelstunde. Er entschuldigt sich. »Jedesmal, wenn wir uns treffen, habe ich noch einen anderen Termin. Aber ich muß für Naomi noch ein Hotel besorgen. Sie hat den Flug nach Paris verpaßt, und das nächste Flugzeug geht erst morgen früh. Außerdem muß ich mich noch um die restlichen Aufnahmen kümmern.«
»Oh, Naomi kann auch bei mir übernachten, wenn sie will«, biete ich ohne langes Nachdenken an. »Das Haus hat genügend Platz. Und morgen kann ich sie gern zum Flughafen bringen.«
Es bedarf nur eines kurzen, einverständlichen Nickens. »Wenn Sie wirklich so großzügig sind? In zwei Tagen ist alles im Kasten. Dann habe ich Zeit, für mich und für Sie, das verspreche ich Ihnen.« Philippe lacht und erhebt sich aus seinem Liegestuhl. Im Gehen beschreibt er mir den Weg zu seiner Wohnung in Sainte Maxime. »Ich hoffe doch, daß Sie kommen?«
Wir vereinbaren eine Stunde des übernächsten Tages, und ich sage zu, ohne meine eigenen Termine zu berücksichtigen. Dann holen wir ge-

meinsam Naomis persönliche Sachen aus dem Kofferraum seines Wagens und tragen sie ins Haus.

Als Philippe sich verabschiedet hat und den Hang zur Küstenstraße hinunterfährt, erscheint mir die Zeit, in der er anwesend war, nur wie ein winziger Augenblick. Doch er hat Naomi in mein Haus geführt, dieses rassige Mädchen mit den glutvollen, geheimnisvollen Smaragdaugen. Sie hat bisher kein Wort gesprochen, und ich lächle ihr zu, bewundere ihr fremdartiges, vollkommenes Gesicht mit den regelmäßigen Zügen, ihren geschmeidigen, gazellenhaften Körper.

Gemeinsam kehren wir in das Haus zurück, und sie geht mir, eine Reisetasche tragend, mit anmutigen Bewegungen voraus. Ihre langen Haare mit dem für Europäerinnen unerreichbaren Schimmer fallen ihr fast bis zu den Hüften. Fragend dreht sie sich um, und ihr Lächeln läßt mich erzittern.

Ich zeige ihr das Zimmer, in dem sie wohnen soll.

Vor dem Schrank, dem frisch überzogenen Bett bleibt sie stehen. »Ich will dir keine Umstände machen«, sagt sie. »Kann ich nicht in deinem Zimmer übernachten?«

Diese Möglichkeit habe ich mir gar nicht vorzustellen gewagt. Ich erschaure. »Wenn du willst?«

Wir suchen das Zimmer auf, in dem ich schlafe.

Da ich nicht mit Besuch gerechnet habe, liegen meine Nachtkleider und ein paar Dessous noch auf dem Stuhl und einer Couch.
Naomi stellt ihre Reisetasche auf dem Boden ab, und ich zeige ihr das Bad.
»Falls du dich frisch machen willst.«
Sie nimmt das Angebot freudig an. Ich lasse warmes Wasser in die Wanne fließen und lege ein flauschiges Badetuch zurecht. Dann verteile ich einen wohlriechenden Badezusatz in der halbgefüllten Wanne. Naomi öffnet die Knöpfe ihres Kleides und zieht es unbefangen über ihren Kopf. Ich bemerke, daß sie weder einen BH noch ein Höschen trägt. Ihr Anblick stürzt mich in ein Chaos von Gefühlen. Schnell verlasse ich den Raum.
Die nächsten zwanzig Minuten verbringe ich damit, draußen auf der Terrasse den Tisch zu decken und ein kleines Abendessen zuzubereiten. Die Sonne neigt sich inzwischen zum Horizont. Nach und nach entzünden sich die Lichter der Stadt und des Hafens. Ich finde, daß diese Zeit des Tages die schönste ist.

Als Naomi wieder erscheint, trägt sie ein weites, cremefarbenes Hauskleid, das ihr bis zu den nackten Füßen reicht. Ihre braune, glänzende Haut kommt darin ganz besonders zur Geltung. Ihr schönes Haar ist vom Baden noch feucht und klebt in Strähnen an ihren Schläfen.
Ich lade sie ein, mir gegenüber an dem gedeck-

ten Tisch Platz zu nehmen, und schenke zwei Gläser Champagner ein. »Auf dein Wohl!«
»Auf das deine!«
Wir nippen an unseren Gläsern. Ich bin gehemmt. Naomi blickt über die Balustrade auf die Stadt und das Meer. Diese Augen! Als sie zurückkehren und auf die meinen treffen, bin ich plötzlich wie erstarrt. Ich kann meinen Blick nicht mehr abwenden, nicht mehr atmen, mich nicht mehr normal benehmen. Das Licht der untergehenden Sonne umrahmt Naomis Gesicht. Dem Zauber erliege ich auf der ganzen Linie. Einen Augenblick beginnt mein Körper zu beben. Ich versuche mich wieder unter Kontrolle zu bringen. Es dauert eine Ewigkeit. Der einzige Ausweg, der mir bleibt, ist ein zaghaftes Lächeln. Sie lächelt zurück.
Ich weiß, daß sie mich durchschaut. Sie hat mich erkannt, meinen Zustand, meine Gedanken. Ihre ausdrucksvollen Augen durchdringen mich bis tief in die Seele. Noch nie habe ich eine Neigung verspürt, mich mit einer Frau einzulassen. O ja, ich gebe zu, daß Männer und manchmal auch Frauen meine Träume und Phantasien beflügelt haben. Manchmal war ich auch von Frauen hingerissen. Aber nie, nicht ein einziges Mal, habe ich den Unterschied zwischen Traum und Wirklichkeit aufheben wollen. Immer bin ich mir bewußt gewesen, daß die Wirklichkeit der Süße der Phantasie nicht gleichzukommen vermag. Nicht einmal in

meiner Jugend habe ich Erlebnisse mit Mädchen gehabt, wie so viele meiner Altersgenossinnen, die damit prahlten oder sie eingestanden. Nein, nie habe ich mir ein Abenteuer, eine Affäre oder gar eine Beziehung mit einer Frau gewünscht. Um so mehr bin ich jetzt über meine Gefühle verwirrt.
Irritiert stochere ich auf meinem Teller herum.
Dieses schöne, lebendige Gesicht. Dieser vollkommene, in allen Proportionen makellose Körper. Ich bin unfähig, ein unbefangenes Gespräch zu führen. Seit Minuten habe ich noch kein einziges vernünftiges Wort gesagt.
Unsere Unterhaltung schleppt sich mühsam dahin. Da Naomi die französische Sprache nur unvollkommen spricht und ich kein Portugiesisch – ihre Muttersprache – verstehe, verständigen wir uns hauptsächlich mit unseren Händen und einem Kunterbunt von Gesten und lustigen Grimassen.
Ich erfahre, daß ihre Mutter Portugiesin und ihr Vater ein Afrikaner ist. Deshalb also diese beneidenswert braune, ebenmäßige Haut! Diese glühenden Augen! Diese sinnlichen Lippen!
Die Sonne taucht in das Meer. Die Zeit, bis ich die Teller abtragen kann, scheint sich endlos hinauszudehnen und stellt meine Geduld auf eine harte Probe.
Endlich erheben wir uns. Ich habe nicht die geringste Vorstellung, wie es weitergehen wird, zumal ich nicht wage, selbst den Lauf der Dinge

zu bestimmen. So unsicher und gleichzeitig aufgeregt war ich noch nie. Irgendeine Macht außerhalb meines Verstandes hat die Führung übernommen und bestimmt mein Handeln, meine Gefühle.

Ich kann mich nicht widersetzen.

Ich rieche den betörenden Duft, der von Naomi ausströmt, als sie vor mir von der Terrasse in den Wohnraum geht. Ihr folge ihr wie betäubt und habe das Gefühl, als schwebe ich über dem Boden.

»Darf ich mich setzen?«

»Ja, selbstverständlich.«

Sie setzt sich auf die mit weißem Leder bezogene Couch und lächelt mir zu. Ich stelle die beiden Champagnergläser auf dem kleinen Tischchen ab und setze mich zu ihr.

Mein Herz pocht bis in meine Schläfen.

»Willst du etwas trinken?« Die Frage ist eher Ausdruck meiner Nervosität, eine Flucht vor mir selbst.

Sie schüttelt wortlos den Kopf.

Ich sitze neben ihr, betrachte ihr Profil und wage mich kaum zu rühren.

Plötzlich spüre ich ihre Hand auf meinem Arm. Die Berührung trifft mich wie ein Blitz und durchströmt jede Faser meines Leibes.

Habe ich darauf nicht bereits den ganzen Abend gewartet? Ich bin wie verzaubert, hilflos, gleichzeitig empfinde ich Erleichterung, daß endlich der ersehnte körperliche Kontakt stattgefunden

hat. Ich fühle eine überwältigende, grenzenlose Zuneigung.
Naomi lächelt und zieht mich zu sich heran.
Hat sie mein Begehren bemerkt, oder begehrt sie selbst?
Das alles ist jetzt gleichgültig. Sie ist wunderschön, von einer ganz ungewöhnlichen und fremdartigen Anziehungskraft, und ich schäme mich nicht, mein Verlangen endlich zu zeigen.
Ich nehme sie in den Arm. Sie ist biegsam und schlank wie eine Antilope. Ich spüre die Bewegungen ihrer Muskeln und bin merkwürdig erregt.
Irgend etwas zwingt mich, von unserer Couch aufzustehen, und ich nehme ihre Hand. »Wollen wir tanzen?« Im Hintergrund spielt leise Musik. Sie erhebt sich. Wir brauchen keine Worte. Ihr Körper paßt sich sofort in voller Harmonie dem meinen an. Ich wiege sie in meinen Armen, und sie drückt sich in ihrer ganzen Länge gegen mich. Ich spüre ihren Atem an meinem Gesicht. Langsam gleiten ihre Finger von meinem Gesäß über meinen Rücken zu meinem Nacken hoch. Ich fühle ihre Regungen wie meine, weiß, daß sie willig ist.
Nach einer Weile löse ich mich aus unserer Umarmung. Wir lächeln uns zu, sind wie Komplizinnen, die über alles Bescheid wissen, ohne daß wir uns absprechen müssen.
Mit einem einzigen Gedanken nehme ich sie am Arm. »Ich möchte mit dir schlafen«, höre

ich mich sagen. Woher ich nur diesen Mut nehme?
Morgen bist du weg, denke ich, es gibt nur diese eine Gelegenheit.
Naomi sieht mich an und zögert ein wenig. Schon fürchte ich, daß sie, wenn auch nur der Form halber, Widerstand leisten könnte, doch sie zeigt keine Spur von Ablehnung.
Meine Stimme ist schmeichelnd und sanft: »Kommst du mit? Ich will dich entführen ...«
Ich wundere mich, wie aktiv ich bin. Normalerweise bin ich eher abwartend, passiv, zurückhaltend. Ich glaube, daß zwischen Mann und Frau die Rolle des Werbenden meistens von vornherein bestimmt ist, auch wenn die Frau oft den Boden bereitet. Tradition und Erziehung haben die Positionen verteilt. Aber wer soll bei zwei Frauen die Initiative ergreifen? Dafür gibt es kein Drehbuch und keine Anleitung. Allein die Begegnung entscheidet, der Augenblick. Die Umstände allein sind maßgebend. Auf die Stimmung kommt es an, auf die Zeit und den Ort und die Unwägbarkeiten.
Als wir in meinem Schlafzimmer ankommen, entzünde ich die kleine Lampe, die auf einer Kommode in der Ecke steht und den Raum nur spärlich erhellt. Ich scheue grelles, direktes Licht. Viel mehr erscheint mir weiche, romantische Beleuchtung für unser Abenteuer geeignet. Die Musik aus dem Wohnraum ist durch die dünnen Wände noch gut zu hören. Ich geleite

meinen Gast zu meinem breiten Bett. Ein bißchen unschlüssig bleibt sie stehen.
Ich drückte sie nieder, lächelnd und sanft, und sofort streckt sie sich aus. Das diffuse Licht schmeichelt ihren Konturen, und ihre dunkle Haut steht in einem herrlichen Kontrast zum reinen Weiß des Lakens. Es gefällt mir, bei meinem Vorhaben sehr langsam vorzugehen. Jetzt, da alle Zweifel und Ängste zwischen uns beseitigt sind, haben wir Zeit, unendlich viel Zeit.
Ich hasse blindes Draufgängertum und rauhe Gesten, jedenfalls in der Phase der Vorbereitung und der Einstimmung. Viel mehr mag ich Andeutungen, die mit einem Lächeln einhergehen, zärtliche Versprechungen, die nur zögernd wirklich werden, eine Steigerung, die jede Stufe beachtet. O ja, auf der letzten mögen auch kleine Obszönitäten oder frivole Worte, manchmal sogar eine einverständliche Vergewaltigung oder Unterwerfung und Auslieferung angebracht sein, manchmal mögen rücksichtslose Exzesse sogar das höchste Glück bedeuten, aber auf dem gewundenen Pfad dorthin haben sie keine Berechtigung.
Mit Naomi befinde ich mich augenscheinlich in völliger Übereinstimmung. Auch sie bevorzugt, wie ich freudig feststelle, die Hingabe in Zärtlichkeit und Phantasie.
Ich streife das Hauskleid über ihre Schultern und ihren Kopf, und sie läßt es nicht nur geschehen, sondern unterstützt mich dabei, indem sie

sich ein wenig erhebt und den Stoff über ihre Haare hinwegschüttelt.
Dann entkleide ich mich selbst.
Wie sehr habe ich auf diesen Augenblick gewartet! Unsere Kleider liegen achtlos vor dem Bett. Ich sehe nur Naomi: ihren makellosen, unverhüllten Körper, ihre dunklen Augen, mit denen sie mich anblickt, neugierig, lächelnd, bereit. Ich beuge mich über sie und bedecke ihren nackten Körper mit Küssen. Nicht der Verstand leitet mein Handeln, nur der Drang meiner angestauten Gefühle. Meine Handflächen tasten über ihre warme Haut, gehen überall auf Entdeckungsreise und erfreuen sich an jeder Regung, an jedem unwillkürlichen Reflex, den sie hervorzurufen vermögen.
Wir lachen wie Verschwörerinnen, wie zwei Pensionatsschülerinnen, die in der Verschwiegenheit eines Alkovens Verbotenes tun.
Naomi legt sich zurück und schließt die Augen, und ich gleite mit meinen Händen über ihre Hüften, ihren Bauch. Hingerissen stelle ich fest, wie ein Lächeln der Hingabe ihr Gesicht überzieht, und es spornt mich an, immer zielstrebiger die Zonen zu suchen, die besonders sensibel sind.
Naomis Lächeln scheint zunehmend entrückt. Gleichzeitig aber bemerke ich, wie ihr Körper jede Berührung mit steigendem Verlangen ersehnt. Ihr nackter Leib ist wie eine hochgradig empfindliche Antenne, er zittert, und unter

meinen Fingern beginnt sie sich leicht zu bewegen.
Ihre Bereitschaft läßt mich erschauern. Die Erregung, die in ihrem Körper wächst, erfaßt mich ganz genauso, stimuliert mich wie ein Echo, das ständig und unaufhörlich in mich zurückkehrt. Die Begierde, die ich wecke und anstachle, nimmt mich selbst mit mindestens derselben Intensität gefangen. Es ist, als ob ich mich selbst berühre, streichle, hingebe. Zwischen Geben und Nehmen ist nicht der geringste Unterschied.
Naomis Brüste sind klein und fest, und ich mache mir ein Spiel daraus, ihre Knospen herauszufordern. Unter meinen kreisenden Fingerkuppen stellen sie sich auf. Spitz und hart recken sie sich, wie kleine Minarette, und ich beuge mich hinunter und nehme sie zwischen meine Lippen. Naomi seufzt und hält den Atem an. Ich bemerke, wie meine Lippen einen Schauer der Lust entfachen.
Ich lege meinen Kopf auf ihre Brust und lausche mit geschlossenen Augen ihrem Puls. Ihr Herz jagt genauso schnell wie meines. Ich spüre, daß alles in ihr auf Fortsetzung drängt. Die Pause kommt ihr ungelegen. Ihre Atemzüge sind tief und rauh und unregelmäßig, ihr ganzer Körper ist angespannt, wartet auf weitere Liebkosungen.
Draußen beginnt ein Chanson von Gilbert Bécaud.
Ich erhebe mich auf meine Knie, lege meine

Hand auf ihr weiches schwarzes Moos und ihren unruhigen, kreisenden Schoß. Sofort kommt sie mir entgegen, öffnet ihre Beine, bewegt sich stärker gegen meine Hand.
Ich umklammere ihre Gesäßbacken und betrachte mit Erstaunen, wie sie sich verliert. Ihr Kopf wirft sich hin und her, ihr Becken wogt vor Begierde, und berauscht, trunken vor Verlangen verfolge ich, wie die Lust ihren nackten Körper überschwemmt.
Glühend suche ich ihre schmelzende Vagina, dringe leicht in die feuchte Grotte ein, und das leise Stöhnen, das ich dabei ihren Lippen entlocke, reißt mich selbst in einen fieberhaften Taumel.
Fast erscheint es mir unglaublich, daß ich diesen schönen, makellosen Körper in solche Wallung zu bringen vermag. Bin ich es, unter deren Händen Naomi sich so hemmungslos und ohne jede Befangenheit hingibt, sich ausliefert?
Ein gurrender, dunkler Laut löst sich von Naomis Lippen. Ihr Gesicht verzieht sich und nimmt einen schmerzhaften Ausdruck an.
Ja, laß dich fallen! Laß dich treiben!
In wilder Aufregung streichle ich ihren wogenden Leib, ihre Brüste, ihren Bauch, konzentriere mich auf ihren Schoß. Sie reibt sich an mir und ich an ihr. Sie bäumt sich auf, spreizt ihre Schenkel, legt ihren Kopf zurück, spannt ihren Körper von den Fußzehen bis hinauf in die Haarspitzen.

Ich weiß, daß sie kommt.
Aufmerksam, damit mir ja nichts entgeht, beobachte ich den heraufziehenden Sturm in allen seinen Facetten. Ich spüre, wie meine Hand sie befriedigt und gleichzeitig neu entflammt. Ich werde schneller, druckvoller. Ihr geöffneter Mund stößt kleine, spitze Schreie aus.
Noch nie habe ich eine Frau so in meinen Händen gehalten. Sie wogt, ich werde kühner. In unaufhaltsamer, fast verbissener Geschwindigkeit massiere ich die intimste Stelle, die so sehr der meinen gleicht.
Fasziniert sehe ich die Veränderung in Naomis Gesicht. Die Wellen brechen heran und über sie hinweg, und fast ehrfurchtsvoll, andächtig betrachte ich die Erschütterung, die sie ergreift, den gewaltigen, urwüchsigen Orkan.
Sekundenlang ist ihr ganzer bebender Körper in Ekstase. Der grandiose Anblick hält mich vollkommen gefangen. So unmittelbar, in absoluter Harmonie und Nähe, habe ich noch nie den Höhepunkt einer anderen Frau erlebt.
Als der Wirbelsturm vorüber ist, sehe ich, wie ihr Körper sich beruhigt und ihr Gesicht sich entspannt. Sie scheint von weit her zurückzukommen, aus einer fernen, glückseligen Welt. Ein Lächeln spielt um ihre Lippen, und sie öffnet die Augen.
Draußen vor dem Haus fährt ein Wagen vorbei. Er stört unsere Idylle. Ein paar Stimmen, als er hält.

Ich lege den Kopf auf Naomis Brüste. Ich höre ihren Puls, der sich nur langsam normalisiert, ihr Blut, das wie ein heißer Strom durch ihre Adern fließt, spüre ihre warmen Fingerkuppen, mit denen sie meinen Nacken berührt.
Ich fühle mich wohl, so an ihre Brust geschmiegt. Ich rieche ihren Duft, ihre von kleinen Schweißperlen übersäte Haut und bin immer noch wie berauscht, bis zum Bersten angespannt.
Auch jetzt, nach dieser Ekstase, reden wir nicht. Manchmal ist es besser, keine Worte zu verlieren.
Eine kurze Weile liegen wir so, nur unserem eigenen Herzschlag folgend, als Naomi in Bewegung gerät. Sie richtet sich auf. Gemeinsam erheben wir uns. Ihre Arme liegen um meinen Hals.
»Entschuldige, ich habe dich ganz vergessen«, sagt sie. Ihre Stimme klingt verlegen.
Du hast mich vergessen? Wie schön! Wie herrlich, daß du dich so entrückt hast davontragen lassen!
»Aber du brauchst dich doch nicht zu entschuldigen«, antworte ich ein wenig linkisch. Mir fehlen die Worte. Seit wann kennen wir uns überhaupt? Kaum mehr als sechs Stunden sind seit ihrer Ankunft vergangen, und nie hätte ich zu träumen gewagt, daß unsere Bekanntschaft einen solchen Fortgang nehmen würde.

Diese magische Anziehung, die von ihr ausgeht und der ich mit fliegenden Fahnen erlag …

Der Mond schien durch das Fenster und die dünnen Vorhänge. Wie hätte ich wirklich auszudrücken vermocht, was ich empfand!

Naomi nahm mich bei der Hand, und ich ließ mich willenlos von ihr führen. Ihr Gesicht war ernst und geheimnisvoll. Ich wußte nicht, was sie vorhatte, doch ich war beglückt und ließ zu, daß sie die Herrschaft übernahm.

Die Terrassentüren im Wohnzimmer waren immer noch weit geöffnet. Ein leichter Wind wehte durch den Raum. Das Licht des Vollmondes lag wie ein Teppich auf dem Meer.

Naomi blieb stehen. Zu gern hätte ich gewußt, was in ihrem Kopf vorging, mit welchen Gedanken sie sich beschäftigte, doch sie sprach kein Wort. Ich stellte mich neben sie. Der Hafen mit seinen bunten Lampen. Der Strand. Die vielen Lichter der Stadt. Das nächtliche Panorama erstrahlte vor unseren Augen und verzauberte diese Stunde.

Naomi wandte sich ab, berührte mich und geleitete mich zu der Couch. Der Wind streichelte unsere Haut. Ich legte mich auf der Couch zurück. Meine Beine hingen auf den Boden.

Naomi kniete sich so dicht neben mich, daß ich ihren Atem spürte.

»Jetzt gebe ich dir zurück …«, versuchte sie zu erklären.

»Aber nein«, erwiderte ich mit brüchiger Stimme.
Sie legte ihre Hand auf meinen Bauch und glitt langsam nach oben. Ihre Finger schienen jeden Nerv zu kennen.
Lag zwischen dem Orkan vorhin und der Gegenwart tatsächlich eine Ruhepause? Ich war schon wieder in dem Zustand, den ich vor wenigen Minuten erst verlassen hatte. Es hatte kaum einer Berührung, einer zarten Liebkosung bedurft, um wieder dorthin zu gelangen. Ich streckte mich und gab mich ganz Naomis Einfällen hin. Jetzt war sie die Gebende und ich die Nehmende, und nachdem sie mir ihre Natürlichkeit auf so unwiderstehliche Weise offenbart hatte, scheute auch ich mich nicht, mich ihren Liebkosungen ebenso hemmungslos hinzugeben.
Ihre Finger berührten meine Brüste und bewirkten eine Flut des Begehrens. Ich überließ mich völlig den Empfindungen, die Naomis Hände verursachten. Seit wann wußte sie, daß ich an meinen Brüsten besonders empfindsam bin? Manchmal genügte es schon, mich allein an meinen Brustspitzen zu streicheln, um einen Orgasmus hervorzurufen. Jetzt nahmen mir ihre Liebkosungen den Atem.
Sie nahm meine Spitzen zwischen ihre Fingerkuppen, und je mehr sie daran rieb und sie umkreiste, desto mehr bäumte ich mich auf, desto unwiderstehlicher erlag ich dem lustvollen Wir-

bel, dem Tumult, der meinen ganzen Körper erfüllte. Sie bemerkte es wohl, denn jetzt konzentrierte sie sich erst recht darauf, meine Knospen zu reizen.

O ja, berühre mich, besiege mich!

Ich liefere mich aus. Ich winde und biege mich und fühle, daß ich an die Grenze komme, die alle meine Lust nach außen kehrt.

Um mich nicht jetzt schon zu verlieren, richte ich mich ein wenig auf, öffne die Augen. Mein Blick verschmilzt mit ihrem, ohne daß sie ihr Tun unterbricht.

Ich stöhne, lasse mich fallen. Unsere Stirnen nähern sich, und ich spüre ihre Lippen an meinen Wangen, meinem Hals. Ihre Hände hören nicht auf.

Ja, ja, mach weiter! Hitze erfüllt meinen Schoß. Ich spüre ihren Mund, ihre Nase, ihre Hände. Mein ganzer Körper ist aufgeladen, wie elektrisiert.

Einen Augenblick lasse ich mich von diesen Wogen mitreißen und lege mir keinerlei Zurückhaltung auf; ich weiß, daß ich es nicht mehr lange aushalte.

Auch ihr ist es nicht verborgen geblieben.

Sie entläßt meine Brüste und gleitet zwischen meine leicht geöffneten Schenkel. Sofort erfaßt mich ein tiefer Schauer. Sie streichelt die Innenseiten meiner Schenkel hinauf, und ohne langes Suchen wird sie fündig. Die Berührung erstickt mich, und ich werde einer Ohnmacht nahe davongerissen. Ich giere danach, daß sie mich berührt und bei mir bleibt. Sie findet eine neue, noch intensivere Stelle, und augenblicklich fühle ich, wie es herankommt, unaufhaltsam und mit wilder, ekstatischer Gewalt. Sie wird noch drängender, und die orgiastischen Wellen, die sie jetzt ohne Nachsicht hervorruft, besiegen alle meine Sinne. Mein Körper glüht, ist von meinem Willen losgelöst, mein Schoß hebt und senkt sich im Rhythmus ihrer Hand. Ich explodiere. Die ganze angestaute Spannung löst sich in Zuckungen.

Erst als meine Erregung sich legt und mein Atem ruhiger wird, zieht Naomi langsam ihre Hand zurück. »Jetzt sind wir quitt«, sagte sie lächelnd.

Ich brauchte Minuten, um wieder in die Wirklichkeit zurückzukehren. Naomi lag mit ihrem Kopf und ihren Armen auf mir, und gemeinsam hörten wir unseren Atem, den Schlag unserer Herzen. Es war ein Gefühl innigster Verbundenheit, und nichts hätte uns in dieser Zweisamkeit zu stören oder gar zu trennen vermocht.

Eine ganze Weile lagen wir so aneinandergeschmiegt, dann standen wir auf und holten im Schlafzimmer unsere Kleider. Der Abend war viel zu mild, und es war viel zu früh, sich schon jetzt zu Bett zu begeben. Wir streiften uns unsere Kleider über, und ich fragte Naomi, von Dankbarkeit und Glückseligkeit erfüllt, ob sie

einverstanden sei, noch ein wenig auf der Terrasse zu sitzen.
»Ja, ich könnte sowieso noch nicht schlafen«, sagte sie.
Ich mixte uns einen Drink.
Naomi lehnte sich über das Geländer. Ich hätte nicht genau zu sagen vermocht, wie lange unsere Bekanntschaft schon dauerte. Doch in diesen wenigen Stunden war sie meine Vertraute geworden, die mehr von mir erfahren hatte als alle Freundinnen, die ich seit Jahren kannte.
Wie hatte so etwas geschehen können?
Ich konnte mich nicht mehr erinnern, wer von uns beiden mit der Verführung begonnen hatte. Aber sie hatte stattgefunden, und es war jetzt völlig gleichgültig, wer den Anfang gewagt hatte. Ich spürte, daß die Begegnung mit Naomi meine Anschauungen verändert hatte, durch sie war ich um ein Ereignis meines Daseins reicher geworden.
»Hast du eigentlich keinen Freund?« fragte ich, als ich ihr den Cocktail reichte.
Sie nippte an dem Glas. Dann schüttelte sie ihren schönen Kopf. »Wann hätte ich die Zeit dafür? Heute bin ich in Paris und morgen in New York. Ich habe Termine in Hamburg und in Rom. Welcher Mann würde das aushalten?«
Ich sah ihr entrücktes Gesicht vor meinen Augen, ihren vor Lust erzitternden Körper. »Und du bist glücklich?«
»Ich habe diesen Beruf freiwillig gewählt«, erwi-

derte sie, »mit allen seinen Einschränkungen. Ich habe gewußt, worauf ich mich einlasse. Ich will diese Arbeit ja nicht bis an mein Lebensende machen. Der Erfolg wiegt die meisten Entbehrungen auf.«
Die Erkenntnis, daß unsere Begegnung nur eine Episode war, stürzte mich in eine Stimmung der Sentimentalität, der Melancholie.
Warum kann man den Tag, die Nacht, eine Zeit des Glücks nicht festhalten?
Aber vielleicht war es besser so. Lebt der Zauber einer Nacht nicht auch von dem Bewußtsein seiner Vergänglichkeit? Ist die Faszination der Lippen, der Hände, der geflüsterten Worte nicht gerade deshalb so mächtig, weil gleichzeitig der Verlust und die Trennung unausweichlich sind?
Naomi berührte mich am Arm. »Weißt du«, sagte sie mit einem Lächeln, »Männer sind nicht unersetzlich. Ich habe mich an meine Situation gewöhnt. Das soll aber nicht heißen, daß ich immer auf sie verzichten wollte.«
Wir lachten, und der Zauber der Nacht gewann wieder die Oberhand. Warum sollten wir die wenigen Stunden, die uns noch verblieben, in Trübsal verbringen? Ich war versessen darauf, jede Minute zu genießen, und erst lange nach Mitternacht suchten wir unser Lager auf.

Am nächsten Morgen brachte ich Naomi zum Flughafen von Toulon. Sie nahm einen direkten Flug nach Paris. Schon am nächsten Tag hatte sie eine Verpflichtung in New York. Irgendwo gab es immer Präsentationen der Haute Couture.

»Werden wir uns wiedersehen?« fragte ich, kurz bevor sie mich verließ.

»Nach New York kommt Mailand. Danach ein Fototermin in Rom. Und danach – überlassen wir es doch einfach dem Zufall. Einverstanden?«

»Ja, meine Liebe.«

Es klang wie ein Abschied für immer. Sie ging mit festen Schritten aus dem Gebäude, ein Wink, und als sich das Flugzeug in die Luft erhob und am weiten Himmel verschwand, war ich sicher, daß unsere Beziehung, die sich so unverhofft ergeben hatte, zu Ende war.

Ich folgte der Lautsprecherdurchsage und schlenderte langsam dem Ausgang entgegen.

Gedankenverloren fuhr ich auf der Küstenstraße zurück. Ich fragte mich, was mich veranlaßt hatte, meine Erziehung derart über Bord zu werfen, warum ich nicht einmal Gewissensbisse empfand. O nein, ich bereute nichts. Ich dachte an unser Seufzen, Stöhnen, unsere Liebkosungen und den Zauber, der immer noch vorhanden war, nur auf andere, verklärte Weise.

Noch war ich in einem Traum gefangen. Irgendwann würde ich wieder erwachen. Erwachen aus einem Traum.

Der Rummel der Touristen zog an mir vorbei. Die Strände waren schon um diese Zeit über-

füllt, und in den kleinen Restaurants drängten sich die Gäste.
Der Fahrtwind zerzauste mein Haar. Ich befand mich in einer Stimmung, die ebenso euphorisch wie unglücklich war.
Der Tag versprach warm zu werden, genau so, wie die Touristen sich einen Ferientag vorstellen. Es war ein schöner, trauriger Morgen, und ich fuhr weiter, bis ich zu Hause war.
Danach war ich für niemand mehr zu sprechen. Als das Telefon klingelte, saß ich davor, bis der Ton wieder verstummte. Ich weigerte mich, den Hörer abzunehmen, und auch, vor die Tür zu gehen und den Tag zu genießen.
»Wenn du mal wieder nach Paris kommst, oder nach Cannes ...«
»Ja. In Ordnung.«
Wahrscheinlich war sie jetzt bereits über dem Atlantik. Auf unserem zerwühlten Bett fand ich eine kleine rote Perle, die sich aus ihrem tiefschwarzen Haar gelöst haben mußte. Ich nahm sie in die Hand und legte sie wie ein unersetzliches Schmuckstück auf ein weißes Deckchen. Später steckte ich die Perle in meinen Geldbeutel; ich hatte vor, sie zu einem Juwelier zu bringen und an einem goldenen Kettchen zu tragen. Auf diese Weise würde ich neben meinen Träumen auch noch ein Erinnerungsstück besitzen, das ich jederzeit anfassen und betrachten konnte. Einen Beweis dafür, daß wirklich alles geschehen war ...

3

Das Anwesen lag inmitten anderer weißer und gelber Landhäuser auf einer Anhöhe hinter Sainte Maxime.

Ich hatte lange gebraucht und mich in allen möglichen Kleidern vor dem Spiegel begutachtet, bis ich zufrieden war und wußte, was ich anziehen wollte. Nach langem Hin und Her entschied ich mich für ein kurzes Kleid mit dünnen Spaghettiträgern. Ich fand, daß meine Figur darin besonders gut zur Geltung kam. Darunter trug ich lediglich einen winzigen Tangaslip.

Die Fahrt erforderte eine Menge Geduld. Wie immer an Nachmittagen in diesen Urlaubswochen war die Straße über Croix Valmer nach Sainte Maxime nahezu verstopft, und in dem dichten Verkehr brauchte man für die Strecke mehr als doppelt so lange wie außerhalb der Saison.

Philippe hatte mir den Weg gut erklärt. Ich durchquerte die Straßen der von Touristen überquellenden Stadt, und es war keine Schwierigkeit, die Abbiegung zu finden, die zu dem Haus hinaufführte, dessen auffällige Fassade er mir beschrieben hatte. Das Eingangstor war verschlossen. Ich stieg aus und drückte die Klingel, die sich unter einem Namensschild aus Messing befand.

Es war ein fremder Name, der mir nicht geläufig war. Als sich das Tor wie von Geisterhand öffnete, kam mir zu meiner Überraschung Philippe entgegen. Eigentlich hatte ich eher mit dem Besitzer gerechnet.

»Kommen Sie herein«, rief er mir zu. »Ich habe Sie schon erwartet. Sie können den Wagen auch am Haus parken.«

Dann ging er den mit Kieselsteinen belegten Weg hinauf, und ich fuhr langsam hinter ihm her, bis ich in einen sonnigen Hof gelangte. In der Mitte breitete eine riesige Palme ihre fächerartigen Zweige aus. Nicht weit davon entfernt stand ein Brunnen, aus dessen steinernem Trog eine kleine Fontäne in die Höhe stieg.

Ich parkte im Schatten des Hauses neben einem Rosenstrauch. Philippe wartete neben der Fahrertür. Er trug eine knappe weiße Badehose, und der prächtige Anblick seines gebräunten Körpers schüchterte mich ein wenig ein.

»Florence und Olivier sind nicht da. Ihnen gehört das Haus. Aber sie haben volles Vertrauen zu mir, und auch Damenbesuch ist erlaubt.« Ein spöttisches Lächeln blitzte in seinen Augen.

»Ich habe die uneingeschränkte Befugnis, Ihnen alles zu zeigen. Im übrigen hat Olivier gesagt, daß sie heute abend erst spät nach Hause kommen.«

Er öffnete mir die Wagentür, und als ich ausgestiegen war, küßte er mich nicht nach den sonst üblichen Gepflogenheiten auf beide Wangen, sondern auf den Mund. Er legte seine Hand auf meine Schulter. »Ich hoffe, Sie haben sich den heutigen Tag und Abend freigehalten?«

»Natürlich«, erwiderte ich. »Getroffene Verabredungen sind mir heilig.«

Er lachte und geleitete mich in das Innere des Hauses, das den Charme und die großzügige Atmosphäre der typisch südfranzösischen Bauweise hatte. Überall auf den Terrakottafliesen des großen Vorraums standen Skulpturen, an den Wänden hingen wertvolle Gemälde. Die gesamte Einrichtung deutete darauf hin, daß der Hausherr entweder ein begeisterter Kunstliebhaber oder aber selbst ein Bildhauer oder Maler war.

Wir gelangten in eine Wohnhalle, die sich mit der gesamten Front nach Süden und mit dem Blick auf ein großes Schwimmbecken öffnete. Dahinter erstreckte sich ein weitläufiger, gepflegter Rasen mit Feigen-, Zitronen- und Mandelbäumen, Oleander und Bougainvilleen.

Von dem luxuriösen Interieur des Gebäudes und der pompösen Gartenanlage war ich ebenso überrascht wie von den freizügigen Mädchen, die um den Swimmingpool herumlagen. Sie gaben sich überwiegend der Sonne preis und schienen nahezu ausnahmslos damit beschäftigt, sich mit Gelächter und Albernheiten die Zeit zu vertreiben. Als ich mit Philippe ins Freie trat, nahmen sie davon kaum Notiz. Auch einige Männer waren am Beckenrand versammelt und vertrieben sich die Zeit mit einem Kartenspiel.

Er schien meinen fragenden Blick bemerkt zu haben. »Sie verbringen lediglich den Nachmittag hier«, erklärte er leise. »In zwei oder drei Stunden werden sie sich in alle Himmelsrichtungen zerstreuen. Dann haben wir das Anwesen und den Abend ganz für uns allein.«

»Oh, sie stören mich nicht im geringsten«, behauptete ich.

Wir suchten uns zwei Liegestühle.

Philippe stellte mir die Männer und einzelne Mädchen vor, indem er mit dem Finger auf sie wies. »Jasmin, Clarissa. Dort drüben, das ist Isabelle. Und Paola ist im Schwimmbecken. Die Männer heißen Bernard, Alain und Christian. Sie fungieren als Beleuchter oder Assistenten. Wir sind eine ziemlich internationale Truppe.«

Eine Blondine mit ansehnlichen Brüsten lief vorbei und bespritzte Philippe übermütig mit Wasser.

»Das war Madeleine«, erläuterte er, als sie sich ein bißchen entfernt hatte. »Die Beste von allen.«

Sie trug Kettchen um Hüften und Fußgelenke. Ihr Gang war aufreizend.

»Sie ist nicht nur erstklassig gebaut«, schwärmte Philippe, »sie hat auch die Ausstrahlung, die Mädchen in diesem Geschäft benötigen. Halb Kind, halb Femme fatale. Das wollen die Leute heute sehen.«
Ich mußte zugeben, daß sie einen prächtigen Körper hatte. Trotzdem kam sie mir ein bißchen blasiert vor, sehr von sich eingenommen. In Gedanken stellte ich mir Naomi vor. Sie war ganz anders gewesen. Nicht vergleichbar. Irgendwie hätte sie nicht in den Kreis dieser Mädchen gepaßt.
»Wollen Sie etwas trinken?« fragte Philippe.
»Gern«, nahm ich das Angebot an.
»Champagner?«
Ich nickte.
Er füllte zwei Gläser auf dem Beistelltisch.
Als wir an dem Getränk genippt hatten, sagte er: »Wissen Sie, wir haben drüben an einem der Strände bei Saint Tropez eine Fotoserie gemacht, für eine Zeitschrift. Jetzt ist alles im Kasten, und bevor die Truppe auseinandergeht, sitzen wir noch ein wenig beisammen. Das ist einfach Tradition. Ich würde es gräßlich finden, wenn man sofort nach der letzten Einstellung davonlaufen würde. Ein bißchen muß man auch feiern.«
Die Mädchen um das Bassin herum hatten nicht die geringste Scheu, ihre Körper nackt zu zeigen. Ich wunderte mich, wie Philippe und die anderen Männer unter allen diesen Verführerinnen

so ruhig, so gelassen zu bleiben vermochten. Manche der Mädchen legten es augenscheinlich darauf an, die Männer herauszufordern. Ihre aufreizenden Posen ließen keinen Zweifel zu …

»War Naomi auch dabei? Ich meine – bei dieser Serie?« fragte ich wie beiläufig.

Ich ertappte mich, daß ich der Antwort außerordentlich gespannt entgegensah. Naomi nur eine von vielen? Ich konnte mir nicht vorstellen, daß sie zu diesen Models gehörte, deren Ehrgeiz vor allem darin bestand, in Männermagazinen nackt abgelichtet zu werden. Oder wehrte ich mich nur, an diese Vorstellung zu glauben?

»Aber nein, Naomi wäre viel zu teuer!« bestätigte Philippe zu meiner Erleichterung. »Sie verdient mindestens dreißigtausend Franc am Tag. Ein so exklusives Model wird nur für wirklich wichtige Kampagnen gebucht. Wir haben sie für das Titelbild eines bekannten Katalogs fotografiert. Ein paar Aufnahmen, weil sie gerade in Europa war. Da sie einen Termin in New York hatte, blieb uns lediglich ein Vormittag.«

Ich bemerkte, wie Philippe mich musterte, nachdenklich und mit der Spur eines ironischen Lächelns.

»Sie interessieren sich für Naomi?«

»Ich habe sie zum Flughafen von Toulon gebracht«, wich ich aus. »Außerdem ist sie hinreißend schön, und bestimmt ist sie ihre hohe Gage wert.«

»O ja, das ist sie«, lachte Philippe. Er musterte

mich noch intensiver. Ohne seinen Blick abzuwenden, sagte er: »Wissen Sie, was ich glaube?«
»Nein, wie sollte ich?«
»Ich glaube, daß Sie heucheln. Ihr Interesse ist viel größer, als Sie zugeben wollen.«
Eine verräterische Röte stieg mir ins Gesicht. Ich ärgerte mich darüber und wollte sie verscheuchen, was meine Verlegenheit freilich nur noch schlimmer machte.
Philippe angelte sich eine Zigarette aus einer Schachtel, die angebrochen auf dem Beistelltisch lag. Ich hatte ihn noch nie rauchen sehen, weder in Bourg noch hier an der Côte d'Azur. Die Zigarette paßte nicht recht zu dem Bild, das ich mir von ihm gemacht hatte.
Er blies den Rauch in die Luft und ließ mich immer noch nicht aus den Augen. »Vielleicht hat Naomi sogar mit Ihnen geschlafen – oder Sie mit ihr?« fragte er neugierig.
»Und wenn es so wäre?« fragte ich kokett, trotzig, fast aufbegehrend zurück. Ich fühlte mich ertappt, bis in mein Innerstes durchschaut, wie eine Delinquentin beim Verhör.
»Dann hätten Sie beide nur einen guten Geschmack bewiesen«, bemerkte er, ohne mit der Wimper zu zucken und ohne Ironie.
Einen Augenblick war ich geneigt, ihm die Wahrheit ins Gesicht zu sagen. Mich persönlich hätte es nicht gestört, auf der Stelle ein volles Geständnis abzulegen. Aber dann, nach kurzer Überlegung, zog ich es doch vor, das Geheimnis

für mich zu behalten. Vielleicht hätte ich Naomi kompromittiert. Auf keinen Fall wollte ich sie unwürdigem Gerede aussetzen.
»Danke«, sagte ich also nur. Es klang so, daß alle Möglichkeiten offenblieben.
Philippe zog an seiner Zigarette. »Wissen Sie, daß ich Frauen, die nach beiden Seiten frei sind, sehr faszinierend finde?« fragte er.
»Es soll viele Männer geben, die so denken«, sagte ich. »Irgendwie wirken diese Frauen auf Männer verrucht oder besonders freizügig.«
»Ja«, räumte Philippe ein. »Ist es nicht in der Tat eine äußerst erregende Vorstellung, wenn zwei Frauen sich in lustvoller Hingabe lieben? Auf diese Weise verdoppelt sich für den Betrachter doch das Vergnügen!«
Er sprühte vor Eifer, seine dunklen Augen glühten vor Begeisterung, und ich mußte lachen. »Ich bin kein Mann, also fehlt mir für diese Einschätzung die männliche Phantasie.«
»Naomi war sicher eine solche Frau«, sagte er bedächtig. Seine Bewunderung war unverkennbar. »Leider spreche ich nicht aus eigener Erfahrung. Sie hat mir nie das Vergnügen einer Beteiligung zugestanden. Ich kann nur Gerüchte wiedergeben.«
Ich verkniff es mir auch jetzt, meine Nacht mit Naomi einzugestehen, obwohl es mir Vergnügen bereitet hätte. Ich verzichtete sogar auf weitere Andeutungen, um mich nicht bohrenden Fragen auszusetzen.

Madeleine verschwand im Haus und stellte die Musik, die aus den geöffneten Türen der Wohnhalle ertönte, auf fast volle Lautstärke. Tänzelnd und sich in den Hüften wiegend kehrte sie an den Pool zurück.

Vom Beckenrand nimmt sie eine Stange, die sonst wohl zu Reinigungsarbeiten dient. Ihre Finger umschließen den Stab wie einen Phallus, der groß und fest ist und ihren Mund berührt.

Bisher hat niemand ihre Vorführung besonders zur Kenntnis genommen. Doch jetzt unterbrechen die Männer ihr Kartenspiel, Philippes Aufmerksamkeit wird abgelenkt, und auch ich schaue und bin erstaunt, was vor sich geht. Die anderen Mädchen recken die Köpfe und kichern.

Madeleine trägt lediglich einen winzigen Tangaslip, der zwischen ihren Beinen so dünn ist wie eine Schnur. In dem schrägstehenden Sonnenlicht, das sie umhüllt und begleitet, leuchtet das Rot ihrer Haare wie Feuersglut. Auch sie selbst hat Feuer gefangen. Ich weiß nicht, was in sie gefahren ist.

Madeleines schlangenhafte Bewegungen ziehen die Zuschauer in ihren Bann. Sie wirft die grellroten Lippen auf, steigert sich in laszive, herausfordernde Gesten hinein. Sie umschlingt und umkost die Stange zwischen ihren Brüsten wie einen Geliebten.

Jedes Gespräch ist verstummt. Alle starren wie hypnotisiert auf Madeleine.

Die Fliesen um den Pool herum sind zu einem Podium geworden, zu einer Bühne. Die Musik aus der Halle übertönt jeden anderen Laut, hat von Madeleines tanzendem Körper Besitz genommen. Der Beifall treibt sie an, treibt sie in immer gewagtere, eindeutigere Posen.

»Ist sie nicht einmalig? Mit dieser Aufführung hätte sie in jedem Nachtclub in Paris oder sonstwo ein sicheres Engagement!«

Die anderen applaudieren.

Der Erfolg stiftet sie an, sich noch weiter zu produzieren. Langsam, in fast unerträglichem Zeitlupentempo, faßt sie an den Bund ihres Höschens, zieht an der Schlaufe auf der Seite und streift das Stückchen Stoff ab. Die Spannung, die unversehens um sich greift, ist fast körperlich zu spüren. Sie tanzt mit einigen federnden Schritten, läßt den winzigen Stoff fallen, ist wirklich eine Meisterin des Strips. Beifall brandet auf. Auch ich applaudiere. Diese Leistung muß man neidlos anerkennen. Jetzt hält sie nichts mehr auf. Ihre Bewegungen werden noch anzüglicher, noch herausfordernder, noch unzüchtiger. Die Stange als ihr Partner streift ihre Schenkel, ihre Brüste, ihr Gesicht. Sie wirft das Haar in den Nacken, schließt die Augen, öffnet den Mund. In der gleißenden Sonne bäumt sie sich auf wie eine Beute vor ihren Jägern.

»Bravo!« ruft irgend jemand von der anderen Seite des Bassins.

Die anderen fallen ein.

Sie stellt die Stange auf den Boden und windet sich wie eine Schlange daran empor. Ihr Becken nach vorne wölbend verfällt sie in lüsterne, unzweideutige Rhythmen. Sie fällt auf die Knie und stöhnt, läßt ein wollüstiges Keuchen, ein heiseres Flüstern hören.
Sie legt sich zurück. Ihre Hüften wogen, vollführen unterwürfige Figuren mit einem Partner, der nur in ihrer Phantasie vorhanden ist. Dann springt sie auf, kommt zu uns herüber und beendet ihren Auftritt mit einem Küßchen auf die Wange von Philippe. Er klatscht, und auch ich spende Beifall.
Die Mädchen und Männer nehmen ihre alte Beschäftigung wieder auf, und Madeleine setzt sich zu ihnen, als hätte es ihr Zwischenspiel nie gegeben.
Philippe schüttelt den Kopf. »So sind sie eben«, erklärt er, »die Zigeunermädchen dieser Branche. Übermütig und hungrig und manchmal ganz schön zügellos, immer auf der Suche nach neuen Abenteuern.«
Später brachen sie nacheinander auf, und Philippe war damit beschäftigt, sie einzeln zu verabschieden. Als der letzte Gast gegangen war, kehrte er zurück. Gemeinsam beseitigten wir die Spuren, die das Nomadenvolk hinterlassen hatte. Zwar verwahrte sich Philippe dagegen, daß ich als seine Besucherin niedere Haushaltsdienste verrichtete. Doch lag es nicht auch in meinem Interesse, ihm zur Hand zu gehen? Erst

als alles wieder in Ordnung war, konnten wir uns endlich einander widmen.

Das kleine, gemütliche Fischrestaurant lag etwas abseits der Promenade und damit auch außerhalb des Zustroms der Touristen. Philippe schien persönlich bekannt zu sein, denn der Küchenchef begrüßte ihn überschwenglich und musterte mich mit nur mühsam unterdrückter Neugier. Wir folgten seiner Empfehlung und bestellten eine Bouillabaisse.
»Ein Aperitif?« fragte Philippe.
»Ja.«
Der Kellner brachte den besonderen Champagner des Hauses.
Philippes Lächeln erinnerte mich immer wieder an unser erstes Zusammentreffen bei Bourg. Er überschlug sich fast mit Zuvorkommenheit und Komplimenten. Hatte er sich am Nachmittag noch seinen Mitarbeitern und den Models gewidmet, so gehörte mir jetzt seine ganze Aufmerksamkeit. Seine Sicherheit und Souveränität waren imponierend. Er gehörte zu jener Sorte gutaussehender Männer, deren Attraktivität von ersten grauen Haaren nicht beeinträchtigt, sondern noch gesteigert wird. Ich genoß es, wie er mich verwöhnte. Es gab für ihn keine anderen Menschen in dem Lokal, es gab nur mich.
Plötzlich spürte ich, daß sein Fuß unter dem Tisch den meinen berührte. Ich wußte nicht, ob

es Zufall oder ein Versehen war oder aber pure Absicht. Ich ertappte mich, daß ich mir eher wünschte, es wäre ein ganz gezielter Annäherungsversuch. Doch sein Fuß entfernte sich wieder, alle Möglichkeiten offenlassend, und er entschuldigte sich. Sein markantes, sonnengebräuntes Gesicht zeigte ein leichtes, kaum merkliches Lächeln. Ich gefiel mir in der Rolle, die er mir zuwies: einer Göttin, der er huldigen wollte. Bestimmt war es eine Leichtigkeit für ihn, die schönsten Mädchen für sich zu gewinnen. Doch wenn es so war, versteckte er sein Siegerbewußtsein geschickt. Zumindest wahrte er die Form.

»Wollen wir tanzen?« fragte er, als wir auch den Nachtisch hinter uns hatten. »Ich kenne zwischen Saint Tropez und Ramatuelle eine sehr intime Bar. Der Abend ist viel zu schön, als daß wir ihn schon so früh beenden sollten.«

Ich stimme zu, und wir fahren auf engen, verschlungenen Wegen zu der in einem kleinen Hain abseits gelegenen Tanzbar, an Saint Tropez und langen Sandstränden vorbei.

In der Bar sind wir fast die einzigen Gäste. Drei Musiker, eine winzige Tanzfläche und indirektes Licht. Ein Refugium, wie geschaffen für Verliebte.

Mein Denken hört auf. Warum soll ich mir Gedanken darüber machen, ob ich die erste bin, die er an diesen idyllischen Ort verschleppt?

Die einschmeichelnde Musik eines Saxophons,

sein Werben und dieses kleine, versteckte Paradies verbinden sich zu etwas Herrlichem, Unwiderstehlichem. Ich spüre seinen Arm, mit dem er, ganz Gentleman, meine Taille umfaßt. Die andere Hand findet meine, und seine Nähe läßt Verlangen in mir aufkommen.
Philippe läßt mich los, aber allein, wie in Trance, tanze ich weiter. Ich spüre, daß Philippe jeden meiner Schritte, jede Bewegung meines Körpers verfolgt. Ich trage hochhackige Schuhe, die meine Beine noch länger machen.
Die Musiker, der Barmann hinter der Theke verschwinden wie hinter einem Vorhang. Es gibt nur noch den einen, für den ich mich drehe, in den Hüften wiege, meine Augen schließe. Unvermittelt überfällt mich eine verführerische Lust, mich zu zeigen und ihn aus seiner Reserve zu locken. Das Rollenspiel – er Voyeur und ich Exhibitionistin – ist mir auf den Leib geschrieben. Ich beginne mich in Pose zu setzen. Meine Bewegungen werden immer unverhüllter, wilder, hemmungsloser. Eine Hitze erfaßt meinen Leib und mein Gesicht.
Ganz unterschwellig, tief in meinem Unterbewußtsein, bin ich in einen Wettstreit mit Madeleine getreten. Hat ihre Vorführung am Pool Philippe nicht fasziniert? Ich brauche ihre Konkurrenz nicht zu fürchten. Ich weiß, welche Wirkungen ich auszulösen vermag und daß er – wenn ich will – nicht standhalten wird. Meine Unsicherheit ist völlig verschwunden. Ich bin

sogar imstande, ihn anzublicken und mit den Augen festzuhalten, während ich meine Darbietungen noch steigere.

Könnten wir jetzt doch woanders sein! Ich bin überzeugt, daß auch er genau diesen Gedanken hat.

Ohne die Augen von meinem Betrachter zu wenden, täusche ich vor, die Knöpfe meines Kleides zu öffnen. Meine Finger fahren suchend über den dünnen Stoff, verharren, entfernen sich wieder.

Noch gelingt es ihm mühsam, seine Fassung zu wahren und den Unbeteiligten zu spielen. Doch in seinen schwarzen Augen glänzt es bereits verräterisch.

Ich gehe auf ihn zu und lege mich in seine Arme, und ich spüre, wie er mich an sich zieht und unsere Erregung ineinander überfließt. Ich spüre das Muskelspiel seiner Schenkel, den Druck seiner Lenden und seinen Atem an meinem Gesicht. Mit der ganzen Länge meines Körpers stemme ich mich gegen ihn, und die harte Schwellung bleibt mir nicht verborgen. Er will sich zurückziehen, aber ich verstärke noch unseren Kontakt; das Gefühl der Begierde nimmt uns beide gleichermaßen gefangen.

Wir suchen und finden uns inmitten der Musiker und des Barmanns, die uns amüsiert beobachten und deren Neugier uns doch völlig gleichgültig ist. Glut durchströmt meinen Leib. Einen Augenblick wiegen wir uns in den Klän-

gen der Band, genießen die hitzige Spannung unserer engen Umarmung, unserer Berührungen, unseres verschleierten Lächelns …
Wollen wir nicht gehen?
Ich fühle, daß Philippe dasselbe ersehnt wie ich.
Er zahlt, und ich folge ihm aus der Bar.
Kaum vor der Tür, empfange ich meinen ersten Kuß. Den Kuß, auf den ich insgeheim schon gewartet und den ich so sehr herbeigesehnt habe. Er löst in meinem Körper einen irrsinnigen Aufruhr aus. Ich spüre Philippes Mund auf meinen Lippen, seine Hände, die mich halten und entdecken, seinen Körper, der sich verlangend an mich drängt.
»Später«, flüstere ich. »Gleich.«
»Ja«, murmelt er ungeduldig.
Wir lachen über unsere Eile. Die Nacht ist lau und romantisch. Sterne funkeln über der Bucht und dem Meer.
»Fahren wir zum Pampelonne?« fragt er heiser.
»Ja, wenn du dich beeilst«, lache ich erhitzt.
Wir fahren hinaus an den Strand, an dichten, duftenden Kieferwäldern vorbei. Die Rucksacktouristen haben sich auf den Campingplatz zurückgezogen. Ihre Stimmen sind nur ganz entfernt zu hören, und als wir auf den weißen Sand hinaustreten, werden alle Klänge vom Rauschen der nächtlichen Wellen übertönt. Der Mond hüllt die kilometerlange Strandlandschaft in ein fahles, blauschimmerndes Licht.
»Komm«, lacht Philippe und beginnt zu laufen.

Ich ziehe meine Schuhe aus und renne ihm hinterher. Der Sand ist feucht und warm, er hat die Sonne des Tages gespeichert. Unter meinen Füßen spritzt das Wasser auf. Übermütig renne ich an der Grenze zwischen Meer und Land entlang. Philippe hält an und erwartet mich mit ausgebreiteten Armen.

Die Ausläufer der Wellen erhaschen unsere Füße. Lachend falle ich in seine Arme, jede Unsicherheit und jeder Zweifel sind verschwunden. Mit seiner Hand zieht Philippe mein Gesicht zu sich heran. Unsere Lippen vereinigen sich zu einem wilden, leidenschaftlichen Kuß, noch viel ungestümer und wilder als der von vorhin vor der Bar.

Endlich!

Endlich dieses Crescendo nach einem langen, viel zu langen Tag!

Die Urgewalt, die aus dem Nichts auf uns herunterfällt. Ich gebe und nehme. Mein Körper wird von unsichtbaren Flammen in Brand gesetzt. Seine Zunge dringt ein, erforscht meinen Gaumen, meine Zähne, jede Stelle meines hungrigen, geöffneten Mundes. Wir drängen uns aneinander, und ich fühle, wie tiefe Schauer meinen ganzen Körper erobern. Ich dränge mich gegen ihn und giere danach, sein Begehren zu spüren. Die Leidenschaft droht mich zu ersticken.

»Ich weiß eine Stelle, wo uns mit Sicherheit niemand stören wird!« ruft er mir ins Ohr.

Wir laufen händchenhaltend am Wasser entlang und sind noch aufgeregter als zuvor. Musikfetzen von den Campern drüben durchdringen manchmal das Rauschen der Wellen, aber niemand ist auf dem langen Strand zu entdecken. In weiter Ferne leuchten die Lampen der Straße, die nach Saint Tropez hinüberführt. Der Strand unter dem Mondlicht ist einsam, wie ausgestorben. Wir lassen uns unter einigen Palmen fallen. Aufgeregt, erhitzt, lachend.
»Ich gestehe, daß ich auf diesen Augenblick gewartet habe«, flüstert Philippe. Er nimmt mein Gesicht in seine Hände. »Aber ich hätte nie gewagt, den ersten Schritt zu tun.«
»Ich auch nicht«, lache ich nahe vor seinem Mund. »Wie ist es dann gekommen, daß wir trotzdem hier gelandet sind?«
»Egal, Hauptsache, es ist passiert«, sagt er, von dem schnellen Lauf noch atemlos, und er spricht mir aus der Seele.
Mit fliegenden Händen schälen wir einander aus den Kleidern, bis wir vollkommen nackt sind. Ich lasse mich rücklings fallen und spüre die Sandkörner unter meinem Rücken, in meinem Haar.
Schon als Mädchen habe ich immer davon geträumt, einmal am Meer, am Strand zu lieben, von Wellen und Palmen umgeben, unter einem sternklaren Himmel, einem leuchtenden Mond. Jetzt liege ich im warmen Sand, der Wind und die Hände eines Mannes streicheln meine nackte

Haut, und alle meine Mädchenträume sind in Erfüllung gegangen.
Er beugt sich auf mich herunter und küßt meine Lippen. Der neue Kuß erfüllt uns mit neuer, ungestillter Leidenschaft. Ich bewege mich auf dem feuchten Sand, verliere unter dem erneuten Ansturm der Gefühle jede Orientierung. Fast im Unterbewußtsein fühle ich, wie seine Hände, ohne daß seine Lippen die meinen entlassen, über meinen Hals, meine Schultern nach unten wandern. Als er meine Brüste und die Knospen findet und auf ihnen verweilt, sie sanft und mit zärtlichen Liebkosungen in Besitz nimmt, erregen diese Berührungen so jähe, unwiderstehliche Gefühle, daß ich verglühe. Seine Zunge und seine Hände setzen meinen Körper, jeden Nerv in Flammen. Ich spüre, wie seine Finger ihre Reise fortsetzen, über meinen Bauch, meine Hüften, und ich registriere jeden Zentimeter des Weges, den seine Hände zurücklegen, langsam und bedächtig und doch unaufhaltsam, bis hinunter zwischen meine Schenkel.
Eine Woge braust über mich hinweg, als er dort anlangt und meinen empfindsamsten Punkt zu suchen beginnt. Ich ringe nach Luft, spüre die Hand, die schon fast fündig geworden ist, und den Sand unter meinem Rücken. Bevor ich ganz die Fassung verliere, äußere ich einen Wunsch, einen Gedanken. »Trägst du mich hinunter zum Wasser?«
In meinen Träumen habe ich immer in den Wel-

len geliebt. Sie haben meinen Körper überspült und meine Hitze gekühlt. Sie haben sich mit meiner Lust verbündet, waren ein Teil davon, haben unübertrefflich zu ihr beigetragen.
Einen Augenblick ist Philippe verdutzt, dann lächelt er und versteht. Auf seinen Armen trägt er mich über den leicht abfallenden Strand hinunter zum Meer. Die Bucht versteckt sich an dieser Stelle hinter einigen Felsen, und die Wellen brechen sich, Schaumkronen tragend, in ihrer ewigen Melodie.
»Hier?«
»Ja, hier.« Ich vermag kaum zu sprechen.
Er legt mich auf den nassen Sand, genau so, daß die Wellen meine Füße erreichen. Manchmal fluten sie über meine Schenkel und meinen Schoß hinweg. Genau so sind meine Träume gewesen. »Ich fühle mich so glücklich!«
Philippe lächelt auf mich herab. »Ja, gib dich dem Meer. Die Wellen sollen dich liebkosen.«
Ich gleite auf dem nassen Sand noch ein wenig nach vorn. Die brechenden Wellen überspülen jetzt in ihrem unregelmäßigen Rhythmus fast jedesmal meinen Schoß, und meinen Träumen folgend öffne ich meine Beine. Augenblicklich fühle ich die prickelnde Gischt, einen stetig neu heranrollenden, unaufhörlichen Reiz, der genau im Dreieck meiner Schenkel zerbirst. Die Wellen, die auf meinem Schoß brechen, setzen sich fort in meinem ganzen Leib, das Lied des Meeres bringt meinen Körper zum Schwingen.

Ich sehe die Sterne über mir und den Mond, höre das Rauschen des Meeres und meines Blutes. Entzückt schließe ich die Augen. Ich bemerke, wie Philippe meine Beine nimmt und sie noch weiter auseinanderlegt.
Meine Phantasie trägt mich davon.
Ja, so. Ist es nicht eine einzigartige Weise, eins zu werden mit der Natur?
Ich spüre, wie Philippe meine Brüste massiert und die Spitzen mit seinen Fingern reizt. Er umfaßt mein Becken und hält es wie eine Schale dem Meer entgegen.
Ich lächle.
Ich kenne die Zeichen.
Die ersten, herrlichen Symptome. Ich weiß, daß ich komme.
Meine Hand fährt ins Wasser hinunter, verbündet sich mit der prickelnden Gischt, vollendet das Werk mit wogenden, aufbäumenden Hüften. Mein Körper klatscht in die Wellen. Wellen von außen und innen.
Die Brandung stürzt nun über mich hinweg. Ich schreie. Mein nasser, aufgewühlter Körper zuckt unter der Gewalt der orgiastischen Flut, und ich schreie, so laut ich nur kann.
Erst als ich ermatte und das Bewußtsein wiederkehrt, öffne ich die Augen.
Philippe kniet neben mir und lächelt. Er hebt mich auf seine Arme und trägt mich zum Strand hinauf. Ich habe meine Arme um seinen Hals gelegt wie ein kleines Mädchen. Zwi-

schen den Palmen bettet er mich auf den Sand zurück.
Eine Weile liegen wir schweigend nebeneinander und sehen zum Himmel hinauf. Das Meer verwischt die Spuren, die wir hinterlassen haben. Langsam kehren meine Kräfte zurück.
Der Zauber der Nacht ist noch gegenwärtig.
»Ich möchte, daß du zu mir kommst«, bettle ich plötzlich aus einer Mischung von Dankbarkeit und neuem Verlangen. Ich richte mich auf und suche Philippes Gesicht. Zwar hat sich meine Sehnsucht, den Traum zu erleben, in diesen Minuten geradezu vollkommen erfüllt, aber noch nicht die, ihn dabei zu besitzen und von ihm besessen zu werden.
Philippes Augen leuchten in einem Lächeln, dessen Bedeutung ich nicht errate. Ich lehne mich zurück, um ihn zu empfangen, will auch ihm die Befriedigung verschaffen, die er mir vorhin so uneigennützig zuteil werden ließ. Doch ganz gegen meine Erwartung schüttelt er den Kopf, bückt sich und reicht mir mein Kleid. »Es fehlt mir nichts«, sagt er. »Du brauchst dir keine Gedanken zu machen oder dich gar verpflichtet zu fühlen. Ich vermisse nichts, ich bin genauso glücklich wie du.« Mit seinen Händen befreit er mich von dem nassen Sand, der auf meinen Schultern und meinem Rücken klebt.
»Nein, nein, ich fühle mich nicht verpflichtet!« begehre ich auf. »Aber ... bist du nicht enttäuscht? Ich meine, bist du nicht zu kurz ge-

kommen? Wir haben nicht einmal miteinander geschlafen!«

Philippe lacht. Er schüttelt ein paar Sandkörner aus seinem Haar. »Du meinst, ich sei nicht auf meine Kosten gekommen?«

»Ja, so ähnlich«, gebe ich zu.

»Wie kommst du denn auf diese absurde Idee?« fragt er, während er seine Kleider zu sich heranzieht. »Du denkst wirklich, der Koitus sei für mich das Alleinseligmachende in der Liebe?«

Ich denke an Paul und daran, daß er im Grunde genommen auf diesen Schlußpunkt immer hingearbeitet hat. Stets hat er dieses Ziel bei seinen Anstrengungen im Auge behalten, und ich kann mich nicht erinnern, daß eine Sinfonie jemals ohne diesen Schlußakkord geendet hätte. Irgendwie gehörte zu seiner sexuellen Betätigung der Koitus dazu, und ein Verzicht darauf, aus welchen Gründen auch immer, wäre unvorstellbar gewesen.

»Ich glaube, für den Mann ist dieser Teil außerordentlich wichtig«, sage ich überzeugt.

»Das denkst du wirklich?« wundert sich Philippe lachend. »Wenn das deine Erfahrung ist, dann bist du bisher nur an Dilettanten und Stümper geraten, an Egoisten, die von Erotik und Sinnlichkeit keine Ahnung haben und sich selbst der herrlichsten Dinge berauben.«

Wie recht du hast! will ich zustimmen. Ist Paul nicht lediglich ein Phallokrat gewesen, eigensüchtig auf sein eigenes Vergnügen bedacht, und doch armselig, bedauernswert in seinem unbewußten Verzicht auf viele erotische Freuden? O ja, ist Erotik nicht die schönere Schwester der Sexualität, viel begehrenswerter und um weitaus lustvollere Varianten reicher? »Nicht viele Männer denken so wie du«, wage ich zu behaupten.

Philippe steigt in seine Hose. »Natürlich kenne ich die Meinung und die Gepflogenheiten anderer Männer nicht«, sagt er ernst. »Aber warum sollte ich auf die wenigen Sekunden eines Koitus versessen sein, wenn ich dich doch viel länger erforschen und mich an deiner Wollust erfreuen kann? Wenn ich das Vorrecht genießen darf, alle deine Empfindungen als Augenzeuge mitzuerleben? Was ist mein eigener, schnell vorübergehender Orgasmus gegen dieses so aphrodisische Geschehen?«

Wir laufen Hand in Hand an den Felsen vorbei auf den weiten Strand zurück. Der Mond war auf seiner nächtlichen Bahn weitergezogen und stand jetzt schräg über einem dunklen Palmenhain.

»Die meisten Männer wollen die Frau besiegen, ihnen ihre Macht und ihre Stärke demonstrieren«, entgegne ich. »So sind sie seit Generationen erzogen worden. Bestimmt wären die meisten zutiefst in ihrer Ehre gekränkt oder doch über alle Maßen irritiert, wenn eine Frau in ihrer Gegenwart sich selbst Vergnügen bereitet. Ihr ganzes Selbstbewußtsein hängt von ihrem

Phallus und der Selbsttäuschung ab, daß sie allein der Frau Befriedigung verschaffen können.«

»Wie töricht!« rief Philippe aus. Er ereiferte sich, lachte und schüttelte den Kopf. »Hebt sich der Mensch nicht auch deshalb aus der Masse der Lebewesen heraus, weil es ihm gegeben ist, phantasievoll und nach eigenem Belieben mit seinen sexuellen Trieben umzugehen? Nicht die auf Fortpflanzung beschränkte Sexualität, die den Bestand der Menschheit sichert, macht den Menschen einzigartig, sondern das unendliche Feld der erotischen Phantasie. Wäre es nicht traurig, wenn der Zauber der Erotik sich nur auf einen einzigen Punkt beschränken würde?«

»Ja, das wäre tatsächlich ein großer Verlust«, stimme ich zu.

»Nicht, daß du jetzt auf einen falschen Gedanken kommst«, fährt Philippe fort. »Ich bin durchaus nicht gegen die körperliche Vereinigung, ganz im Gegenteil. Aber sie sollte nur ein Teil der Vielfalt sein, die die Erotik bietet, und nicht das allein zu erstrebende Finale.«

»Es ist erstaunlich, diese Feststellung aus dem Mund eines Mannes zu hören«, sage ich belustigt.

»Findest du?« fragt er. »Ich gehe sogar noch weiter: Es ist absolut nicht entscheidend, ob ich selbst den sogenannten Höhepunkt erreiche. Ich kann eine genauso tiefe Befriedigung empfinden, wenn wir deine Lust gemeinsam erleben, wenn du dich mir in allen deinen Gefühlen öffnest, dich offenbarst, dich mitteilst und mich einbeziehst. Eine solche Teilhaberschaft kann eine größere, intimere Zuneigung und Nähe vermitteln als jeder Akt und sogar lustvoller sein als der kurze, ohnmächtige Rausch einer Ejakulation.«

»Das ist wirklich deine Überzeugung?« frage ich überrascht.

»O ja!« bekräftigt er. »Vielleicht erlebe ich sogar den Gipfel der Lust, ohne daß du mich auch nur berührst? Nur durch deinen Anblick, deine Hingabe, verstehst du? Ich könnte mir vorstellen, daß meine Gedanken und Empfindungen so stark und ohne Ablenkung auf dich gerichtet sind, daß es physischer Manipulationen gar nicht mehr bedarf, um die Ekstase auszulösen.«

»Du meinst, du könntest einen Höhepunkt erleben nur durch psychische Kraft und Übereinstimmung?«

»Ja«, sagt er. »Ich erinnere mich an das erste Mädchen, das ich hatte. Da ich offenbar ziemlich ungeschickt mit ihr umging, nahm sie die Dinge selbst in die Hände. Mit einer massierte sie ihren Schoß, mit der anderen spielte sie an ihren Brüsten. Ich war dermaßen hypnotisiert, daß ich mich völlig zurückzog. Gebannt verfolgte ich das Schauspiel, das sie mir bot. Sie war sehr natürlich und hatte keine Hemmungen. Als es ihr kam, konnte auch ich mich nicht mehr halten. Ohne jede Berührung erlebte ich einen grandiosen Orgasmus, nur weil ich dabei war und zusehen durfte. Dieses Ereignis hat mich, glaube ich, sehr geprägt. Sie hatte eine furchtbare Angst, daß sie schwanger werden könnte, und wir haben nie im eigentlichen Sinn miteinander geschlafen. Sie hieß Marie-Anne, und obwohl ich nie mit ihr verkehrte, habe ich nichts vermißt. Ich nehme an, daß sie als Jungfrau in die Ehe gegangen ist. Trotzdem war unsere Liebschaft höchst erotisch und sexuell erfüllt. Heute bin ich ihr dankbar. Obwohl sie selbst noch unerfahren war, ist sie doch eine großartige Lehrmeisterin für mich gewesen. Durch ihren erotischen Unterricht habe ich gelernt, daß Zärtlichkeit und Phantasie die wichtigsten Elemente sind.«

Wir waren fast an den Ausgangspunkt unserer Strandwanderung zurückgekommen.

»Du machst mich ja richtig neugierig«, lachte ich. »Wenn alles, was du gesagt hast, deine wirkliche Überzeugung ist, dann habe ich den größten Champion unter den Männern kennengelernt, einen Mann, der das Einfühlungsvermögen einer Frau besitzt. Einen solchen Experten darf man nicht mehr gehen lassen.«

»Einverstanden«, sagte er. Er zog seine Schuhe an.

»Und wenn alles nur ein taktisches Geplänkel war? Wenn du dich nur in einem interessanten Licht hast darstellen wollen?«

»Finde es heraus!« meinte er. »Ich hoffe doch, daß es genügend Gelegenheiten geben wird, mich auf die Probe zu stellen. Jedenfalls wäre ich sehr glücklich darüber.«

Seine Worte erinnerten mich, daß unsere gemeinsame Zeit nicht unbeschränkt fortdauern konnte. Bestimmt hatte er weitere geschäftliche Termine, und auch meine Ferien würden schon bald zu Ende gehen. Außerdem beschäftigte mich noch ein anderes Problem.

»Hast du nicht Gelegenheiten genug?« erkundigte ich mich wie beiläufig, aber auf die Antwort gespannt. »Ich meine, du bist doch mit den schönsten Mädchen unterwegs. Du fotografierst sie nackt und in den waghalsigsten Posen. Natürlich stellen dir diese Mädchen auch nach, wie Madeleine heute nachmittag, und du brauchst nur noch die Auswahl zu treffen.«

Obwohl wir wieder an der Stelle angelangt waren, an der wir den Wagen geparkt hatten, gingen wir noch ein Stück am Strand entlang. Die Lichter auf dem Campingplatz waren erloschen, und die Musik hatte aufgehört. Nur der Mond erleuchtete die Landschaft und das Meer mit seinem silbernen Licht.

»Weißt du, so schlimm ist das nicht mit den Mädchen. Das Fotografieren ist harte Arbeit, und auch wenn die Mädchen nackt sind, stehen andere Dinge im Vordergrund. Das Verhältnis ist eher so, wie es zwischen einem Arzt und seiner Patientin ist. Im übrigen gewöhnt man sich daran, daß die Mädchen nackt sind. Es ist für die Arbeit nichts Besonderes.«

»Es gibt nicht einmal eine Versuchung?« zweifelte ich. »Keinen Augenblick, in dem du ein Mädchen mal anders als mit den beruflichen Augen eines Fotografen siehst? Niemals einen Augenblick des Begehrens? Ich kann nicht glauben, daß ein Fotograf so völlig unbestechlich gegen jede weibliche Anziehungskraft ist. Schließlich bleibt auch er ein Mann mit allen sexuellen Instinkten.«
»Ja, ich möchte nicht ausschließen, daß es auch mal zu einer sexuellen Beziehung kommt. Aber das ist die große Ausnahme. Eine Affäre ist immer schlecht für die Zusammenarbeit, sie macht die Arbeit schwierig. Es gibt Konkurrenzneid und Intrigen, und außerdem sind viele Mädchen in dieser Branche sowieso lesbisch, oder sie haben einen Liebhaber oder Lebensgefährten, der auf sie aufpaßt und sie ständig begleitet.«
Ich dachte an Naomi und unsere Beziehung, die so schnell entstanden und vorübergegangen war. Mir war nicht einmal die Zeit geblieben, sie nach ihren Lebensgewohnheiten zu fragen und herauszufinden, ob sie nur lesbisch oder auch mit einem Mann verbunden war.
Wir blieben stehen, und Philippe drückte mich an sich. »Ich möchte dich kennenlernen, viel besser, als ich dich bis jetzt kenne, verstehst du? Ich möchte alles von dir wissen.«
»Und woher sollen wir die Zeit dafür nehmen?« fragte ich. Auch ich sehnte mich danach, unsere

Bekanntschaft zu vertiefen. Für ein kurzes, oberflächliches Abenteuer war ich nicht geschaffen.
»Ich bin mindestens noch eine ganze Woche an der Côte d'Azur beschäftigt«, erwiderte er. »In dieser Zeit werde ich weiterhin bei meinen Freunden Olivier und Florence wohnen, und wir können uns jeden Tag sehen – wenn du es willst.«
Ich nickte und schmiegte mich in seine Arme.
»Niemand erwartet mich zu Hause«, sagte ich, »außerdem ist es auch gleichgültig, ob ich meine Artikel für die Zeitschriften zu Hause oder hier am Mittelmeer schreibe.«
Wir lachten beide und gingen zu Philippes Wagen.
»Na also, dann ist ja alles geklärt«, sagte er erfreut, »du läßt deinen Wagen einfach stehen und schläfst heute nacht bei mir in Sainte Maxime!«
»Aber ich kann auch ohne Schwierigkeit nach Cavalaire zurückfahren«, wendete ich, allerdings ohne großen Nachdruck, ein. »Was werden deine Freunde sagen?«
»Olivier und Florence? Oh, die werden froh sein, wenn sie dich kennenlernen! Außerdem bin ich stolz, dich ihnen vorzustellen. Weißt du, mit den Mädchen, mit denen ich sie sonst überfalle, bist du nicht im entferntesten vergleichbar, und sie werden mir zu meinem guten Geschmack gratulieren.«
»Du kannst einfach irgendeine Geliebte über Nacht mitbringen?«

»Nicht jede natürlich, das würde ich auch gar nicht wagen, aber dich schon!« Er lachte, und wir stiegen ein.
Als wir in Sainte Maxime ankamen, lag das Haus im Dunkeln, und nichts ließ erkennen, daß die Bewohner inzwischen zurückgekehrt waren.

4

Entgegen ihrer Ankündigung hatten Olivier und Florence die Nacht bei Bekannten in Nizza verbracht. Philippe hatte mir ein Bett im Gästezimmer hergerichtet – ich wußte nicht, ob ich mehr seine Höflichkeit bewundern oder aber über seine Förmlichkeit traurig sein sollte, und ich war noch lange wach gelegen, ehe ich endlich eingeschlafen war. Unsere Erlebnisse am Pampelonne waren noch einmal im Traum an mir vorübergezogen, diese verzauberte Nacht voller Zärtlichkeit und Erinnerung an das Meer; eine melodiöse, beschwingte Stimmung hatte mich in einen unruhigen Schlaf begleitet.

Am Morgen erwachte ich vom Läuten des Telefons und einer Stimme, die Philippe gehörte. Er sprach leise mit jemand, und danach hantierte er in der Küche. Ich hörte das Klappern von Geschirr, das Rücken von Stühlen und das Pfeifen eines Wasserkessels.

Irgendwann streckte er den Kopf durch die Tür.

»Guten Morgen! Gut geschlafen? Ich habe bereits das Frühstück gerichtet!«
Während er sich wieder entfernte, beeilte ich mich, unter die Dusche zu kommen. Nach zehn Minuten erschien ich hellwach im Erdgeschoß.
Philippe kam strahlend auf mich zu und führte mich auf die Terrasse hinaus, wo uns ein reichlich gedeckter Tisch empfing.
»Nun, habe ich mich nicht angestrengt?«
Er wies mir einen Platz zu, von dem aus das Schwimmbecken ebenso wie die märchenhafte Vegetation des Gartens und hinter der Balustrade auch das Meer bis hinüber nach Saint Tropez zu sehen war. Die Blüten verbreiteten einen süßen, sommerlichen Duft, die Morgensonne spiegelte sich auf den ruhigen, glitzernden Wellen des Meeres. Eine Armada von kleinen Segelschiffen fuhr gerade aus dem Hafen.
»Olivier und Florence haben angerufen«, berichtete Philippe. »Sie haben angekündigt, erst heute abend zurückzukommen. Olivier will noch einen Bekannten in Magnolles besuchen, der eine Ausstellung für ihn vorbereitet. Ich habe Olivier von dir berichtet. Er ist sehr neugierig, dich kennenzulernen.«
»Wir haben also den ganzen Tag für uns allein?« fragte ich erfreut.
Philippe reichte mir einen Korb mit Hörnchen.
»Ja, es sieht so aus. Wir können tun und lassen, was wir wollen.« Er sah mich an und lächelte.

Seine Augen hielten mich fest. »Ist das nicht wunderbar?«

»Ja«, sagte ich, »das ist wunderbar.«

Die Vorstellung, ihn einen ganzen Tag für mich zu haben, war ebenso großartig wie verwirrend. Ich konnte nicht fassen, weshalb ich so nervös war, doch das Gefühl setzte sich in meinem Magen fest, und ich vermochte mich nicht im geringsten dagegen zu wehren.

»Wir könnten nach Monte Carlo fahren«, schlug er vor. »Zur Zeit findet dort ein Tennisturnier statt. Ich glaube, Becker spielt gegen Bruguera, es sind viele Sandplatzspezialisten und Weltklassespieler am Start. Das Zuschauen würde sich also in jedem Fall lohnen. Aber wir können den Tag auch in Sainte Maxime oder hier am Pool verleben. Ganz wie du willst.«

Einen Augenblick dachte ich nach. Natürlich war das Turnier eine gute Empfehlung. Es gab selten Gelegenheiten, die Weltspitze des Tennissports so unmittelbar als Augenzeugin und nicht nur in Fernsehübertragungen zu erleben. Doch hätte das Programm einschließlich der An- und Abreise nicht auch unseren ganzen Tag in Anspruch genommen? Hätten wir damit nicht auch eine herrliche, für uns viel wertvollere Gelegenheit vertan?

»Möchtest du gern zu diesem Turnier?« fragte ich vorsichtig. Doch vermutlich drückte mein Gesicht allzu deutlich aus, was ich dachte.

»Nicht unbedingt«, lachte Philippe. »Natürlich

ist das Turnier eine Attraktion für Tennisfans, aber wenn du mich fragst, so würde ich es vorziehen, den heutigen Tag mit dir allein zu verbringen, ganz ohne Verpflichtungen und Termine. Aber es kommt allein auf dich an. Wenn du anderer Ansicht bist …«

»Nein, nein, gar nicht!« beeilte ich mich zu versichern.

Erleichterung huschte über Philippes Gesicht. »Nun, dann haben wir ab jetzt noch mindestens zehn Stunden, in denen uns niemand stören wird, wenn wir es nicht wollen«, rechnete er mir mit einem schelmischen Lächeln vor, und ich spürte erneut Nervosität.

Nachdem der Tagesablauf grundsätzlich geklärt war, ließen wir uns Zeit, das restliche Frühstück zu genießen, und ich genoß ebenso Philippes Zuvorkommenheit, ja Anbetung. Er überschlug sich an Aufmerksamkeit und las mir jeden Wunsch von den Augen ab. Doch war ich auch froh, als wir die Teller beiseite und den Tisch endlich abräumen konnten.

Um über den Markt in Sainte Maxime zu schlendern, sind wir in die Stadt gefahren und haben uns übermütig in das Gewühl gestürzt. Abseits der Küstenpromenade bieten zahllose Händler ihre Waren an: Textilien, Antiquitäten, Gemälde und Schmuck aus fernen Ländern. Überall in den Städten an der Küste finden während der Hauptsaison solche Märkte statt.

Folkloregruppen und Gaukler sorgen unaufhörlich für Unterhaltung. Überall Stimmengewirr, Feilschen und Geschäfte. Wichtigtuerische Gebärden. Geschrei. Musik. Zwischen den Ständen tummeln sich Einheimische und Touristen. Bald kehren wir in die Stille unseres Hauses zurück. Nach dem Tumult in der Stadt ist die erholsame Ruhe hier nur um so deutlicher spürbar.

Philippe besteht darauf, daß wir unsere Kleider nicht brauchen. »Für wen sollen wir eine Modenschau veranstalten?« fragt er lachend.

Er hat recht. Der weiträumige Garten ist an den Rändern so dicht zugewachsen, daß kein Blick hereindringen kann.

Er hat sich neben dem Schwimmbecken nackt auf einen Liegestuhl gelegt. Sein Gesicht ist mir zugewandt, und er betrachtet mit einem Lächeln, wie ich mir das Kleid über den Kopf und den Slip über die Beine streife.

Ich denke an die Nacht am Pampelonne. Schon damals hat er mich nackt gesehen, am Strand, in den Wellen. O ja, er hat noch viel mehr gesehen. Aber irgendwie habe ich mich im Schutz der Dunkelheit geborgener gefühlt.

Ich lege das Kleid und den Slip auf einen der herumstehenden Sessel.

Mein Tun verfolgt er neugierig und mit einem heiteren Lächeln.

Ich gehe auf ihn zu, bin von seinem Blick wie gebannt. Er betrachtet mich, wie ich mich bewege, gehe, lächle. Bemerkt er, wie irritiert ich plötzlich bin? Ich wage nicht, ihn länger anzublicken. Mein Herzschlag drängt das Blut gegen meine Schläfen.

»Ich bin froh, diesem Getümmel auf dem Markt entronnen zu sein. Du auch?«

»O ja, ich auch«, sage ich.

Meine Haare fallen offen über meine Schultern. Ich habe sie gewaschen und auf den künstlerisch gebundenen Zopf, den ich manchmal trage, bewußt verzichtet. Die meisten Männer ziehen lange, offene Haare vor. Ungeniert betrachtet er mich weiter, und meine Unsicherheit wächst, das Pochen in meinen Schläfen nimmt zu.

»Komm, leg dich zu mir«, fordert er mich auf.

Ich gehorche und lege mich auf die Liege, die neben ihm steht.

»Darf ich dich einölen?« fragt er höflich. »Es ist besser, wenn man Vorsorge trifft und die Haut vor der Strahlung schützt. Du weißt doch, heutzutage ist die Sonne nicht mehr so gesund wie früher.«

»Bitte. Wenn du magst.«

»Gern.« Er greift nach einem Fläschchen Sonnenöl, das zwischen unseren Liegestühlen steht. Ich lege mich auf den Bauch und verschränke meine Arme über dem Kopf.

Gründlich beginnt er meine Schultern, meinen Rücken und meine Hüften einzureiben.

»Ist es so richtig?« höre ich ihn fragen.

»O ja«, antworte ich. »Das ist sehr angenehm.«
Als er das Öl auch auf meinen Schenkeln und Waden verteilt, überläuft mich unwillkürlich ein Schauer. Ich spüre seine Hände in meinem Nacken.
Meine anfängliche Verspanntheit verschwindet. Langsam genieße ich die Behandlung. Philippes Hände gleiten tiefer, meinen Hals entlang, auf beide Schultern. Ein frischer Duft hüllt mich ein. Seine Hände sind wie Werkzeuge, sensibel, emsig und erfahren. Eile ist ihnen fremd. Unversehens scheint er alle Zeit der Welt für seine Arbeit zu haben.
Ich frage mich, wo er seine Kenntnisse wohl gesammelt hat. Ist Marie-Anne ihm auch hierin eine Lehrmeisterin gewesen? Müßte ich ein Zeugnis erteilen, würde ich ihm eine ausgezeichnete Intuition, ein überdurchschnittliches Talent bescheinigen.
Mit kleinen, kurzen Schlägen trommelt er plötzlich auf meine Schultern, knetet jeden einzelnen Muskel, fährt mit virtuosen, druckvollen Handflächen über meinen nackten Rücken hin. Den Vorwand des Einölens hat er aufgegeben. Längst ist das Öl verteilt. Er gleitet an meinem Leib hinab, an meinen Hüften entlang, als wolle er die Konturen messen, und ich nehme an, daß seine Hände spätestens jetzt ihre Aufgaben erledigt haben.
Deshalb will ich mich aufrichten und ihm für seine Hilfe danken. Doch noch bevor ich seine

Massagedienste unterbrechen kann, spüre ich, wie seine Hände sich zwischen meine Hinterbacken schieben und die Rückseiten meiner Schenkel umfassen.
Ich muß den Atem anhalten, mein Gesicht zwischen den Armen verbergen, um meine Selbstbeherrschung nicht zu verlieren. Seine Hände finden alle meine sensiblen Stellen. Langsam wird sein Tun gefährlich. Ich frage mich, ob ich dem Spiel ein Ende setzen soll. Aber will ich es überhaupt? Lieber entscheide ich mich, den Reiz noch eine Weile zu genießen. Doch je mehr Kraft ich aufwende, um die Prozedur äußerlich ungerührt zu bestehen, desto mutiger werden die Angriffe.
Ich bemerke, wie meine Beine auseinandergelegt werden, und als seine Hände sie streicheln, von oben bis unten, muß ich die Lippen zusammenpressen, um nicht zu stöhnen. Ist er wirklich so arglos, wie er tut? Von meinen Schauern nimmt er jedenfalls nicht die geringste Notiz, und er versucht auch nicht, meine Schwäche auszunutzen.
Ich werde übermütig und frage mich, ob ich ihn auf die Probe stellen soll.
Warum eigentlich nicht?
Ich drehe mich um und lege mich einfach auf den Rücken. Einen Augenblick ist Philippe überrascht. Er blickt, seine von dem Öl glänzenden Hände von sich gestreckt, auf meine Brüste, meinen Bauch, mein Gesicht.
Ich lächle ihn an, so harmlos es geht.

Er lächelt zurück. Es gibt nichts zu fragen.
Meine Reaktion, mein Warten ist Aufforderung genug.
Ohne weiteres Zögern nimmt er seine Arbeit wieder auf. Seine Hände streichen über meine Stirn, meine Wangen, massieren meinen Hals und meine Schultern. In der Erwartung, was noch kommen wird, durchströmen Wellen der Erregung meinen Leib.
Als die Hände zu meinen Brüsten gelangen und meine Knospen liebkosen, ist alle Beherrschung vergebens: Ich bäume mich auf. Ich erzittere bis in die Tiefen meines Schoßes. Willenlos spreize ich die Beine, hebe den Venushügel etwas an, spanne alle meine Muskeln.
Philippes Hände bearbeiten meine Brustspitzen so lange, bis es mich urplötzlich überkommt. Der Orgasmus überfällt mich ohne große Ankündigung mit einer so heftigen Explosion, daß er mir den Atem nimmt.
Ich öffne die Augen und lächle verlegen. Doch Philippe verrichtet weiterhin seinen Dienst, als habe er den Sturm meiner Erregung gar nicht bemerkt. Seine ganze Aufmerksamkeit widmet er jetzt meinen Armen und Knöcheln. Währenddessen klingen die Wellen ab, und ich kann mich ein wenig erholen.
War es das?
Er ist noch nicht zu Ende. Geduldig sorgt er sich um meinen Bauch. Danach gleiten seine schmalen Finger tiefer, auf meinen Unterleib zu, und

mit jähem Erröten fühle ich, daß ich zu einem weiteren Ausbruch fähig bin. Doch dieses Mal sind die Vorboten unverkennbar, und mein wenn auch nur geringer Widerstand stachelt Philippe nur an.

Ich höre seine Befehle: »Komm! Öffne deine Beine! Ja, du wirst feucht ... Jetzt ... Jetzt komm. Laß dich gehen!«

Ich spüre seine Hand und fühle die nahe Eruption.

Es überwältigt mich. Ich spüre einen Finger in meinem Schoß. Du bist verrückt, verrückt! Ich flehe, schreie, gebe jeden Widerstand auf.

Es überfällt mich mit unbändiger Gewalt und schier endlosen Krämpfen.

Der neuerliche Ausbruch erfaßt mich mit so großer Heftigkeit, daß Philippe leicht erschreckt auf mich niedersieht.

Er hält mich fest, bis ich wieder zu mir komme.

Ich frage mich, wo er sein Können gelernt hat. Marie-Anne allein kann es nicht gewesen sein. Ist es wirklich nur Begabung oder aber das Ergebnis zahlloser Experimente?

Was kümmert mich sein Vorleben!

»Ich möchte dich in mir haben«, bringe ich heraus. Mein ganzes Verlangen ist darauf gerichtet, mit ihm eins zu sein.

Doch er zieht sich zurück. Ich erkenne, wie erregt er ist. Es muß ihn größte Überwindung kosten, seinem und meinem Drängen nicht nachzugeben.

»Wir haben noch den ganzen Tag«, stellte er fest. »Warum also sollen wir mit der Vorspeise gleich die ganze Mahlzeit essen? Wir haben noch so viel Zeit.«
Wie immer hat er recht. Wir haben noch so viele Stunden vor uns.
Er beugt sich herab und findet meine Lippen, aber er hütet sich davor, den Kuß zu einem erneuten Beginn werden zu lassen.
Ich will ihn berühren. Doch als ich ihm nahe komme, entzieht er sich, indem er aufspringt und seine Muskeln dehnt.
»Du kleine Verführerin! Habe ich nicht gesagt, daß der Tag noch nicht zu Ende ist?«
Entgegen aller Erfahrung spüre ich nicht die leiseste Erschöpfung. Ich erhebe mich von meiner Liege. Er nimmt mich in den Arm, und wir müssen uns schnell, sogleich, wieder trennen, um nicht sofort in einem neuen Delirium zu versinken. Unsere Körper sind aufgeladen, voller Hochspannung, wie Magnete, die sich anziehen und nur unter größter Kraftanstrengung wieder voneinander zu lösen sind. Aber haben wir uns diese Askese nicht selber auferlegt?
Mit ein paar langen, federnden Schritten ist Philippe am Beckenrand und springt kopfüber ins Wasser. Mit kräftigen Bewegungen schwimmt er mehrmals durch das Becken. Dann bleibt er stehen und breitet die Arme aus. »Komm herein!« ruft er und schüttelt das Wasser aus sei-

nem Haar. »Hier in der Kühle kommst du gleich auf andere Gedanken!«
Will ich überhaupt auf andere Gedanken kommen?
Ich springe ihm nach. Er schwimmt mir lachend davon, und ich versuche ihn zu erreichen. Bald habe ich ihn eingeholt. »Du bist schon sehr ungewöhnlich«, pruste ich. »Ich meine, als Liebhaber und Mann!«
»Warum?« fragt er und umfängt mich mit seinen Armen.
Die Umarmung ist immer noch prickelnd, voller Leben, aber ich bin wieder fähig, mich an seinen Körper zu lehnen, ohne sogleich den Verstand zu verlieren.
»Ein anderer hätte sich das tolle Angebot nicht so leicht entgehen lassen«, sage ich.
»Ich bin also ein Dummkopf?« fragt er lachend.
»O nein, ich bin nur ein Egoist, der sich die besten Dinge aufbewahrt. Manchmal bringt erst scheinbarer Verzicht die höchstmögliche Steigerung hervor.«
Ich spüre, wie er sich in seiner ganzen Länge gegen mich preßt, und die von ihm ausgehende Wärme strömt in meinen Körper über.
»Du bist also kein Mann der Spontaneität?« frage ich herausfordernd.
»Das will ich nicht sagen«, doziert er an meinem Gesicht. »Manchmal führt erst die Entbehrung zu einem außergewöhnlichen Erlebnis. Sie ist wie das Salz in der Suppe. Aber ich will nicht

ausschließen, daß es Gelegenheiten geben kann, in denen es geradezu frevelhaft wäre, sie nicht auf der Stelle zu nutzen.« Seine Hände umfassen meinen Nacken.

»Du gibst also zu, daß man seinen Gefühlen auch ganz unüberlegt nachgeben darf?«

»Ja, selbstverständlich«, räumt er ein. »Aber wenn ich weiß, daß erst in Hinhalten und Hingabe die absolute Vollendung liegt, warum sollte ich mich dann mit weniger begnügen?«

Er stemmt sich über den Beckenrand hinaus und setzt sich auf die Fliesen, und ich lehne mich zwischen seinen Beinen gegen ihn.

»Siehst du, ich bin grundsätzlich auch gegen jede plumpe Obszönität«, fährt er fort. »Trotzdem können es gerade diese kleinen obszönen Worte und Taten sein, die die Phantasie beflügeln und das Feuer entzünden. Warum ist das Verruchte, Vulgäre, Bizarre so besonders aufregend? Weil es eben die Geleise des Alltäglichen, Herkömmlichen verläßt und Grenzen überschreitet. Ich finde, daß die Tradition, die Anschauungen der Mehrheit und alle sogenannten Anstandsregeln nicht mehr maßgebend sind. Es bereitet einfach Spaß, sich darüber hinwegzusetzen. In der Zweisamkeit ist das erlaubt. Gerade dieses Ausbrechen bewirkt ja oft den Reiz der Erotik.«

»Aber Traum und Wirklichkeit können durchaus auseinanderfallen«, wende ich ein.

»Natürlich! Nehmen wir als Beispiel nur die

Vergewaltigung!« sagt Philippe. »Ich verabscheue jede Drohung und Gewalt. In der Wirklichkeit ist die Vergewaltigung ganz ohne Zweifel ein brutales Verbrechen, das mit Erotik nicht das geringste gemein hat. Im Traum aber, in unserer Phantasie hat das Spiel von Macht und Unterwerfung eine erotische Faszination. Wirkliche Gewalt ist eben etwas anderes als geträumte Gewalt. Spielerische Gewalt kann sehr stimulierend sein und die Erotik unermeßlich bereichern. Vorausgesetzt, daß Mann und Frau es wollen. Es kommt immer auf die Übereinstimmung an.«

»Und wenn keine Übereinstimmung vorhanden ist?«

»Dann würde ich nie auf Praktiken bestehen, die der andere nicht aus freier Überzeugung teilt. Wie könnte mir etwas Freude und Lust bereiten, das dem anderen zuwider ist! Die Empfindung der Lust braucht doch die Lust des anderen, diese unverzichtbare Mischung des Gewährens und Empfangens! Darin drückt sich die Vollkommenheit der Erotik aus, und auch das Urteil über einen guten oder miserablen Liebhaber.«

»Oder einer vollkommenen Geliebten. Das darfst du nicht vergessen, denn es ist nicht weniger wichtig.«

Wir lachen, und ich ziehe mich ebenfalls über den Beckenrand hinaus. Philippe begibt sich unter die Dusche und läßt das Wasser über seinen Körper laufen. Ich betrachte ihn, wie er sich

dreht und das Wasser in kleinen Bächen an ihm herunterfließt. Seine Hinterbacken sind knackig und muskulös, und ich ertappe mich, daß ich Lust verspüre, ihn anzufassen. Überhaupt ist sein Körper eine Augenweide. Seine Muskeln haben genau die richtigen Proportionen. Ich hasse die monströsen Polster, die sich Bodybuilder manchmal antrainieren.
Sich schüttelnd kommt Philippe unter der Dusche wieder hervor und hüllt sich in ein Badetuch.
Ich erfrische mich ebenfalls.
Philippe erwartet mich. Wasserperlen stehen auf meiner Haut, und ich fröstle trotz der Wärme der Sonne.
»Darf ich dich abtrocknen?«
»Ja, aber nur das.«
Ich wickle mich in das weiche Laken, und er reibt meinen Rücken und die Beine. Dann dreht er mich um und streicht, viel vorsichtiger, über meine Brüste und meinen Bauch. Er kniet sich vor mir nieder und läßt den Frotteestoff zwischen meine Schenkel gleiten. Ich fühle, daß ich schon wieder bereit bin. Ich muß meine Gedanken in andere Bahnen lenken, um nicht erneut die Beute seiner Hände zu werden. Ich verspüre Lust, in seine Schulter zu beißen. Ich sehne mich danach, ihn zu berühren und sein Begehren zu wecken. Meine Finger verfangen sich in seinem Haar. Ich streife ein paar nasse Strähnen aus seiner Stirn.

Er erhebt sich und gibt mir das Badetuch zurück.
Wir haben ja noch den ganzen Nachmittag …

Um die Mittagszeit beschlossen wir, ein Restaurant abseits der Straße nach Le Muy aufzusuchen. Eine halbe Stunde später saßen wir inmitten von Korkeichen und blühenden Sträuchern. Philippe wußte, wo die schönsten Plätze waren. Wir gaben unsere Bestellung auf, und ich dachte an die Terrasse des Straßenlokals bei Bourg, wo wir uns zum ersten Mal begegnet waren. Wieviel war inzwischen geschehen!
»Hast du keine Angst vor Kalorien?« bemerkte Philippe lachend, als der Ober wieder verschwunden war. »Wenn ich mit meinen Models zum Essen gehe, sind Kalorienzahlen immer ein ernstes Problem und das unerschöpfliche Thema von Diskussionen.«
Gott sei Dank brauchte ich auf Zahlen und Tabellen nicht zu achten. Mein Gewicht war schon seit Jahren konstant, ganz gleich, wieviel Sport ich trieb oder was ich auch zu mir nahm.
Der Wirt höchstpersönlich brachte die Vorspeise, und ich dachte daran, daß ich von Philippe und seinem privaten Leben noch viel zuwenig wußte. O ja, er hatte mir von seinen beruflichen Verpflichtungen erzählt, von seinem Verhältnis zu den Mädchen, mit denen er zu tun hatte. Aber im übrigen hatte ich mich noch nicht viel zu fragen getraut …

»Wie lebst du in Paris? Hast du keine Familie – oder wenigstens eine Mätresse?« fragte ich.
Er sah mich an und hielt mit dem Essen inne. »Machst du dir darüber Gedanken?«
»Ja, viele.«
»Seit wann?«
»Zumindest seit gestern. Seit unserer Wanderung am Pampelonne.«
»Dann bin ich glücklich«, sagte er. »Ich habe nämlich gehofft, daß es dir irgendwann nicht mehr gleichgültig sein würde, wie ich lebe. Ich werde dich nicht belügen. Ich werde aufrichtig sein und dir alles sagen, was du wissen willst.«
»Bist du verheiratet?« fragte ich ohne Umschweife.
»Das ist wohl immer die erste Frage, die eine Frau am Anfang einer Bekanntschaft stellt.« Er lächelte nachsichtig und nahm einen Schluck aus seinem Glas. »Nein, ich bin nicht verheiratet. Ich habe eine Zweizimmerwohnung in Paris, in die ich zurückkehre, wenn ich geschäftlich nicht unterwegs bin. Eine typische Junggesellenwohnung mit wenigen, aber sehr großen Räumen. Sie liegt am Ufer der Seine, und man hat einen traumhaften Ausblick über die Dächer der Stadt.«
»Keine Frau? Und keine Beziehung?«
»Nein, keine Frau. Und keine Beziehung mehr.« Er nahm meine Hand in seine. »Es gab einmal Isabel. Sie war Universitätsprofessorin, und wir wollten heiraten. Aber dann hat sie einen ande-

ren kennengelernt, als ich für längere Zeit in Nordafrika war. Wir haben die Verlobung gelöst. Das ist jetzt schon einige Jahre her.«

»Wie kann eine gescheite Frau nur so dumm sein«, sagte ich.

Er zuckte mit den Schultern. »Das Entscheidende ist wohl, daß beide zusammenpassen.«

Ja, Körper und Seele müssen harmonieren, dachte ich. Gibt es einen besseren, einfühlsameren Liebhaber als Philippe?

»Diese Isabel hat einen großen Fehler begangen«, mutmaßte ich. »Ich müßte ihr eigentlich dankbar sein.«

»Lassen wir alte Zeiten ruhen«, erwiderte Philippe. »Denken wir lieber an die Zukunft. Haben wir uns für den Nachmittag nicht noch eine ganze Menge vorgenommen?«

Er lachte, und ich spürte seine Hand in meiner Armbeuge. Ein paar Kinder sprangen um die Tische herum und lärmten.

Ich war sicher, daß Philippe die Wahrheit gesagt hatte, und beruhigt, daß keine Beziehung unser Verhältnis belastete. Weder er noch ich brauchten also Rücksichten zu nehmen. Wir waren frei, ungebunden, nur uns selbst verantwortlich. In Philippes Alter war es keine Selbstverständlichkeit, noch frei zu sein, ganz abgesehen von seinem blendenden Aussehen und seinem Einkommen. Viele Männer ab vierzig waren geschieden oder wenigstens in Schwierigkeiten verwickelt. Allzuoft mußte man Psychologin sein, eine Therapeutin, mit deren Hilfe sie ihre Konflikte bewältigten. Ich war sehr erleichtert, daß Philippe keiner derartigen Unterstützung bedurfte.

Und ich selbst? Ich selbst hatte meine Vergangenheit, was Paul betraf, überwunden. Vielleicht lag es auch daran, daß ich Naomi und Philippe so schnell kennengelernt hatte. Für Trauer und Verbitterung hatte es so gar keine Zeit gegeben.

Ganz in der Nähe der Gartenterrasse floß ein Bach vorbei. Das Geräusch des dahinplätschernden Wassers gaukelte eine Kühle vor, die nicht vorhanden war. Die Sonnenstrahlen drangen wie lange goldene Stäbe durch die Wipfel der Bäume.

»Darf ich dir etwas sagen?« fragte Philippe.

Ich nickte, und er fuhr fort: »Ich wollte es dir schon lange sagen. Du bist sehr schön. Ich finde dich unwahrscheinlich schön.«

»Na ja«, sagte ich eher abwehrend.

»Liebst du keine Komplimente?« fragte er verwundert.

Ich schüttelte den Kopf. »Doch, schon. Jede Frau liebt es, wenn man ihr Komplimente macht. Aber jetzt bin ich gar nicht darauf vorbereitet. Ich weiß nicht ...«

»Dein Anblick allein genügt, um die Zeit anzuhalten«, bemerkte er. »Aber jetzt würde ich viel lieber mit dir allein sein, irgendwo, wo keine anderen Leute sind.«

Ich war bereits so offen, daß ich ebenfalls darauf drängte, wieder aufzubrechen und zu »unserem« Haus zurückzukehren.
»Normalerweise bin ich nicht so verrückt«, erklärte Philippe.
»Wir sind alle beide verrückt«, stellte ich lachend fest. Warum sollten wir uns kasteien?
Wir verzichteten auf das Dessert und den Kaffee. Als hätte uns plötzlich wie aus heiterem Himmel dasselbe Verlangen gepackt, bezahlten wir in Windeseile die Rechnung und fuhren nach Sainte Maxime zurück.

Als wir vor dem Haus ankommen, ist vor der Garage ein Landrover geparkt, und das Tor der Zufahrt steht offen.
»Oliviers Wagen«, sagt Philippe. »Sie sind früher zurückgekommen. Wahrscheinlich hat er den Galeristen in Magnolles nicht erreicht, oder es ist sonst etwas Unvorhergesehenes passiert.«
Ich sehe entgeistert die leichte Anhöhe hinauf. Auch Philippe wirkt betroffen.
Wie herrlich haben wir uns den Nachmittag ausgemalt! Haben wir die schönsten Spiele nicht deshalb abgebrochen, weil eine noch hinreißendere Fortsetzung in Aussicht stand?
Langsam fährt Philippe an dem offenen Hoftor vorbei. Ich sehe ihn an. Fahr schneller! Schneller, bevor Olivier oder Florence uns entdecken und uns den Nachmittag verderben! Fahr irgendwohin, wo wir allein sind! Ich möchte dich

fühlen unter Bäumen, die sich im Wind bewegen, zwischen Sträuchern und Blüten, auf grünem Moos, das nach Walderde riecht …
Im nächsten Augenblick sind wir hinter einer Kurve verschwunden. Wir fahren hastig, aus Furcht, daß uns noch jemand den restlichen Nachmittag stehlen könnte.
Philippe sieht mich an und lacht, und ich falle in sein Lachen ein.
»Seit wann kann man sich nicht einmal mehr auf Freunde verlassen? Selbst Olivier gönnt uns unsere Zweisamkeit nicht!« Er sieht mich mit diesem Blick an, mit dem er mich auch heute morgen angesehen hat. Ich liebe diese Augen mit dem gewissen Glanz, der alles offenbart.
»Fahren wir zur Domaine des Colombières?«
»Ja, fahr dorthin!«
In der Kolonne anderer Fahrzeuge wird unsere Geduld auf eine harte Probe gestellt. Philippe nimmt die Straße nach Le Muy. Bald kommen wir an dem Lokal vorbei, das wir so ruhelos verließen. Wenn wir gewußt hätten, daß Olivier und Florence bereits zurückgekommen waren, uns den Zugang zu ihrem Haus damit verwehrten …
Mein Hals ist trocken, brennt wie nach einem langen Lauf.
»Sollen wir abbiegen?«
»Ja, ja!«
Ich möchte nicht gefragt werden, nur schwach

sein, mich ausliefern, mich unterwerfen, eine willige, hingebungsvolle Geliebte sein …
Philippe steuert in einen schmalen Weg, der von der Straße in das Waldgelände von Colombières führt. Endlich haben wir die anderen Fahrzeuge hinter uns gelassen.
Die Stille dringt stärker in unser Bewußtsein. Wir sitzen nebeneinander, sagen nichts. Auch Philippe ist schweigsam geworden.
Meine Verwirrung wächst.
Philippe stellt den Wagen in den Schatten einiger Korkeichen. Wir sind weit genug von der Straße entfernt. Er nimmt meine Hand und streichelt sie. Dann öffnet er die Fahrertür und steigt aus. Wir brauchen keine Worte, alles ist geklärt.
Ich folge ihm bis zu einer kleinen Lichtung. An deren Rand sind Stämme zu mehreren Holzhaufen geschichtet. Ich spüre, wie seine Lippen die meinen berühren. Das ist das Zeichen. Der Blitz, der meinen Körper endgültig in Flammen setzt. Lange, so lange habe ich darauf gewartet!
Jetzt ist die Zeit des Experimentierens vorbei.
Unsere ganze angestaute Sehnsucht bricht aus uns heraus. Wir fallen übereinander her wie Verdurstende.
Komm! Komm, verfüge über mich! Was du auch von mir verlangen wirst, ich werde es tun! Ich werde dir alles gewähren! Ich will dein Objekt, die Beute deiner Lust, deiner Phantasie, deiner Begierde sein! Sei bitte nicht vorsichtig und

nicht rücksichtsvoll! Eher fürchte ich, daß du nichts von mir verlangst ...

Als wir uns trennen, nur einen kurzen, atemlosen Augenblick, fordere ich auch in Worten: »Mach mit mir, was du willst!«

Philippe öffnet den Kragen, die Knöpfe seines Hemdes. Er zieht den Gürtel aus der Schlaufe. Ich sehe seine gebräunte Brust, seine nackten Lenden, als er seine Hose nach unten zieht.

Als stünde ich in Flammen, reiße ich mir das Kleid von den Schultern. Nur keine Pause, kein Aufhalten, keine Störung mehr!

»Laß uns ins Schlafzimmer gehen«, schlägt Philippe vor.

Ich lache aufgeregt. »Wo soll hier ein Schlafzimmer sein?«

»Überall«, sagt Philippe. »Wo wir es haben wollen.«

Seine Hände fassen an meine Brust. Ich lege meine Hände auf seine und halte sie fest. Die Luft ist warm, auch hier im Schatten der Bäume.

Wir gehen ein paar Schritte auf die Lichtung hinaus, lassen uns fallen. Ich spüre die Grashalme an meiner erhitzten Haut.

»Warum haben wir so lang gewartet?«

»Weil unser Verlangen dadurch noch stärker geworden ist«, flüstert er. »Hast du es nicht bemerkt? Ich habe dich immer begehrt, die ganze Zeit. Ich habe dich immer haben wollen, aber erst jetzt ist der Augenblick gekommen.«

Ja, ich habe es bemerkt, von Anfang an.
Ich rolle über ihn. Wir umschlingen uns in einem wilden Kuß. Unsere Körper bewegen sich in einem glühenden Rausch.
Ich spüre Philippes Ungeduld, meine eigene, die Hast und das Feuer, das uns ergriffen hat.
Er befreit sich aus unserer Umschlingung, kniet sich hin. Eine Hand gleitet von meinen Knöcheln die Beine hoch, über meine Hüften, die Taille entlang bis hinauf zu meinen Brustspitzen.
Die Liebkosung hat etwas Zartes, Sanftes, aber auch den Druck nur mühsam im Zaum gehaltenen Begehrens.
Er steckt die Hand unter den Bund meines Slips. Es ist eine Aufforderung. Ich hebe meine Hüften, damit er es leichter hat. Ich erzittere, egal wo er mich berührt. Ich brenne. Ich ringe nach Atem. Ich frage mich, ob ich diesen Mann nur wegen seiner Erfahrung liebe, wegen seines attraktiven Alters und Aussehens oder wegen seiner Sinnlichkeit. Er legt seine Hand zwischen meine Beine und findet die Knospe in meinem Schoß.
Die Berührung zündet wie ein elektrischer Kontakt. Ich streichle seinen festen, muskulösen Körper. Die Schwelle, die wir bisher wie ein Heiligtum gemieden haben, ist überschritten. Ich berühre seinen Penis. Er ist hart, pochend, voller Verlangen, und ich weiß, daß Philippe mich dieses Mal ebenso besitzen will wie ich ihn.

Ich schließe die Augen. Lange werde ich nicht aushalten können, was er mit seinem Mund, seinen Händen anrichtet. Plötzlich habe ich einen Gedanken.
Philippe wirkt verblüfft. Er will nach mir greifen, mich zurückhalten, doch ich springe auf und renne ein paar Schritte in den Wald.
Hastig suche ich zwischen den Bäumen, kehre mit ein paar langen Lianen zurück, die ich von Bäumen abgerissen habe. Dann setze ich mich auf einen Holzhaufen und werfe die Lianen ins Gras. »Feßle mich! Ich will dir ausgeliefert sein! Mach alles, was du willst!«
Philippe scheint verwirrt. Er weiß nicht, ob ich es wirklich so meine. Aber ich lege mich auf die Stämme, spüre die harte Rinde in meinem Rücken.
Philippe kommt auf mich zu. Er bückt sich, nimmt die Lianen auf und fesselt mich an die Hölzer, so, daß meine Hände und Füße in alle vier Richtungen zeigen. »Du hast es so gewollt!« sagt er lächelnd.
Ich seufze, presse meine Knie gegen seinen flachen Bauch, als er sich über mich beugt. Ja, ich will es! Ich will es!
Er packt meinen Schoß, dringt kraftvoll in mich ein. Ich schreie, die Gewalt raubt mir fast die Sinne. Stöhnend reiße ich an den Fesseln, die sich um meine Gelenke spannen und in meine Haut schneiden.
Er setzt alle Kraft ein, die er hat.

Ich zerre an den Lianen, spüre das harte Holz in meinem Kreuz. Philippes gewalttätige Stöße schütteln meinen angeketteten Leib. Ich drehe den Kopf, winde mich in den Schlingen. Plötzlich bin ich mit den Händen frei. Ich bäume mich auf und grabe meine Hände wild in seine Schultern. Meine Fingernägel zerkratzen seine Haut. »O ja, darauf habe ich gewartet, Philippe«, höre ich mich keuchen.
Ich spüre die Gewalt der Lust. Er preßt sich gegen die Holzstämme, gegen meinen Schoß. Ich fühle die Wogen und den Rhythmus, der immer heftiger wird, den Taumel, die irre, gewaltige Explosion. Die Bäume, die Sträucher drehen sich im Kreis.
»Du hast es provoziert«, sagt er keuchend.
Ich ringe nach Atem. »Nur ich?«
»Nein, ich habe es auch gewollt«, sagt er. »Die ganze Zeit habe ich darauf gewartet.«
Er löst die Lianen, die noch meine Füße umschlingen. Unvermittelt hat er wieder etwas Zärtliches, ungemein Sanftes an sich. Er setzt seine Liebkosungen fort, küßt und streichelt die Striemen meiner Haut, meinen ganzen aufgewühlten Körper, und ich spüre instinktiv, wie die Ermattung, die eingetreten ist, sich wieder verflüchtigt.
Ich öffne die Augen und blicke ihn an. Kleine Schweißperlen stehen auf seiner Stirn. »Warum sind wir uns nicht schon früher begegnet?« frage ich leise.

Er sieht auf mich herab und überlegt. »Vielleicht war die Zeit dafür noch nicht gekommen.«
Ich springe von dem Holzstoß herunter. Die Lianen haben tiefe Einschnitte an meinen Gelenken hinterlassen, aber ich spüre keinen Schmerz. Engumschlungen wie ein verliebtes Paar kehren wir auf die Lichtung zurück.
Wir legen uns gemeinsam ins Gras, und es ist Philippe, der erneut den Anfang macht. Mit kundiger Zärtlichkeit beginnt er mich zu streicheln. Ich denke darüber nach, wie natürlich es doch ist, daß wir zusammen sind. Seine Hand gleitet zwischen meine Beine, um zu prüfen, ob ich noch einmal bereit bin.
Ich bin es.
Ich drücke mich an ihn, will ihm zeigen, wie sehr ich mich nach ihm sehne. Ich hebe mein Gesicht und suche seines, und neue Leidenschaft erfüllt meinen Leib. Die Flammen sind noch lange nicht erloschen.
Schon bei den ersten Berührungen kehrt das alte Verlangen zurück, aber dieses Mal ist es viel sanfter und inniger und nicht mehr so wild. Philippes Finger streichen über mein Haar, meinen Hals, verharren auf meinen Brüsten. Ich genieße es, wie er mich erforscht und erobert. Er drückt meine Beine auseinander, findet die Stelle in meinem Schoß, beginnt daran zu reiben und schaut mich dabei an.
Nur kurze Zeit halte ich es aus. »Komm in mich

hinein.« Ich nehme seine Hand. »Ich möchte dich noch einmal spüren.«
Dieses Mal sind mir die Bewegungen seiner Lenden schon vertraut. Er bewegt sich langsam, das Eindringen genießend. Ich lehne mich zurück, schiebe meinen Schoß seinem Phallus sehnsuchtsvoll entgegen. Ganz im Gegensatz zu der gewalttätigen, wilden Aktion von vorhin zieht Philippe jetzt eine herausfordernde Langsamkeit vor. Doch das Begehren wächst über uns hinaus. Seine und meine Bewegungen werden schneller, er rammt mich, er pfählt mich, und gemeinsam erreichen wir den Höhepunkt.
Danach liegen wir eine Zeitlang engumschlungen im Gras und sehen in den Himmel zwischen den Baumkronen. Vögel sind zwitschernd in den Zweigen unterwegs. Von der Straße her ist der Lärm der vorbeifahrenden Autos zu hören.
»Wir sind verrückt«, sage ich. »Irgendwie müssen wir wahnsinnig sein.«
»Wir sind verrückt nacheinander. Ist das nicht hervorragend?« stellt er fest.
Ja, eigentlich ist es wunderbar, denke ich. Wir sind verrückt nacheinander, genießen jede Sekunde, in der wir zusammen sind. Warum nicht? Seit ich mit dir zusammen bin, in diesen wenigen Tagen, habe ich bereits mehr Orgasmen gehabt als mit Paul in vielen Wochen. Es ist nicht so, daß es mir allein darauf ankommen würde, aber es ist eine nicht zu unterschätzende Basis für uns. Natürlich habe ich nichts dagegen …

Wir lösen uns voneinander. Plötzlich überfällt mich die Befürchtung, daß ein Voyeur oder Spaziergänger uns ungehindert beobachten könnte. Bisher hat mich das auch nicht im mindesten berührt, geschweige denn von meinem Tun abgehalten oder mich auch nur in meinen Gedanken abgelenkt. Aber jetzt sehe ich ängstlich in alle Richtungen.
»Ein bißchen spät, findest du nicht?« lacht Philippe, während er in seine Hose steigt.
Auch ich stelle, indem ich mein Kleid über den Kopf streife und an meinem Körper glätte, ein wenig überhastet den Zustand wieder her, in dem ich vor über einer Stunde mit Philippe von der Straße ab und in den Wald gefahren bin.
»Und wenn man unsere Exzesse beobachtet hat?« gebe ich zu bedenken.
»Worüber du dir nur deinen hübschen Kopf zerbrichst? Dann haben wir höchstens Neid erweckt, und bestimmt wären alle männlichen Zuschauer gern an meiner Stelle gewesen!«
Ich bewundere seine Gelassenheit, seine Sicherheit in allen Situationen. Je mehr ich ihn kennenlerne, desto mehr bin ich für ihn eingenommen. Es würde mir weh tun, ihn jetzt noch zu verlieren.
Ich wünsche mir, daß er mich nie mehr verläßt.

5

Olivier kam uns entgegen; wahrscheinlich hatte er unseren Wagen gehört. Er wartete, bis Philippe das Auto neben dem Landrover abgestellt hatte. Dann klopfte er ihm auf die Schulter wie einem alten Freund.

Olivier entsprach genau der Beschreibung, die Philippe von ihm gegeben hatte. Sein Gesicht war von der Sonne gebräunt. Die grauen Haare reichten bis über den Hemdkragen. Er trug ein offenes, kariertes Hemd und einen roten Pullover, den er sich um die Schultern geschlungen hatte. In seinem Auftreten wirkte er locker und freundlich.

Noch im Wagen sitzend, stellte ich fest, daß er mich durch die Scheibe hindurch mit unverhohlener Neugier betrachtete. Er kam um den Wagen herum und öffnete die Tür.

Während ich ausstieg, hörte ich seine tiefe Stimme: »Du hast wirklich nicht übertrieben, Philippe!«

Wahrscheinlich sollte ich seine Bemerkung als Kompliment auffassen, denn sein Gesicht zeigte dabei den Ausdruck großer Bewunderung. Mit einem Lächeln gab er mir die Hand.
Philippe hatte berichtet, daß er schon über fünfzig war. Aber dieses Alter sah man ihm bei weitem nicht an. Seine sportliche Figur, seine Kleidung und seine ganze Ausstrahlung ließen ihn mindestens zehn Jahre jünger erscheinen.
»Na, habe ich dir irgendwann schon einmal zuviel versprochen?« lachte Philippe.
»Nein, aber dieses Mal hast du sogar untertrieben!« gab Olivier zurück.
Die unverhohlenen Galanterien der Männer waren mir unangenehm, und ich war froh, als das Begrüßungszeremoniell endlich vorüber war.
Philippe ging voraus ins Haus.
Olivier geleitete mich durch die Eingangstür bis in die Wohnhalle. »Darf ich dir unseren neuen Gast vorstellen, meine Liebe?«
Eine Frau kam von der Terrasse herein. Sie war wesentlich jünger als ihr Mann und mußte Florence sein. Ich fand, daß sie eine gewisse Ähnlichkeit mit Brigitte Bardot in jungen Jahren hatte. Lolitahafte Augen und volle, ein wenig aufgeworfene Lippen beherrschten das Gesicht; die Haare waren jedoch nicht blond, sondern dunkel. Ein kurzes Kleid, nur bis zu den Oberschenkeln reichend, betonte die üppige und doch auch mädchenhafte Figur. Ich schätzte, daß sie höchstens fünfunddreißig Jahre alt war.

Sie blickte mich genauso aufmerksam an wie ihr Mann vor einigen Minuten. Allerdings vermochte sie das Ergebnis ihrer Prüfung weit besser geheimzuhalten und hinter einem Lächeln zu verbergen. Sie streckte mir ihre Hand entgegen und lud Philippe und mich zu einem Glas Champagner ein.
»Ich habe gehört, daß Sie schreiben«, sagte Olivier, während er sich setzte.
»Hat Philippe Ihnen das erzählt?« Ich sah zu ihm hinüber.
»Ja. Leider habe ich noch kein Buch von Ihnen gelesen, aber ich kann mir vorstellen, daß es mir großes Vergnügen bereiten würde.« Er lachte.
»Ich schreibe eher Artikel für Zeitschriften«, erwiderte ich. »Na ja, ich habe mich zwar auch schon an ein paar Romanen versucht, aber eigentlich habe ich viel zuwenig Zeit dafür, und es sind auch keine Bestseller geworden.«
Olivier wiegte den Kopf. »Das hat überhaupt nichts zu sagen. Das Unglück von uns Künstlern ist doch, daß der Ruhm meist erst dann über uns herfällt, wenn wir bereits unter der Erde liegen. Vielleicht erlangen Sie nach Ihrem Tod Popularität.« Er zog seine Stirn in Falten. »Aber was sollen wir mit Lobeshymnen an unserem Grab? Weder hören wir sie, noch haben wir allzuviel davon.«
Philippe schaltete sich ein. »Olivier ist sehr bescheiden. Er verschweigt, daß seine Werke weit

über Südfrankreich hinaus bekannt und begehrt sind.«
»Ich bin nur ein Maler und Bildhauer«, sagte Olivier schlicht, »und ich bin zufrieden, daß ich davon leben kann.«
Florence kam mit dem Champagner. Olivier öffnete die Flasche und füllte die Gläser. Wahrscheinlich war ich in einer Verfassung, in der ich Alkohol nicht vertrug, denn ich spürte die Wirkung schon, nachdem ich nur wenige Schlucke getrunken hatte.
»Haben Sie Interesse, ein paar Bilder zu sehen?« fragte Florence, die unser Gespräch wohl verfolgt hatte.
»O ja, sehr gern«, antwortete ich.
Olivier führte mich in Räume, die Philippe mir in Abwesenheit der Gastgeber noch nicht gezeigt hatte. Überall an den Wänden hingen Gemälde. Das erste, das wir betrachteten, war ein Selbstporträt Oliviers. Die Pinselstriche waren grob, die Farben waren kontrastreich.
»Alle diese Bilder sind sehr privat«, erklärte Olivier.
»Ich habe sie weder zu einer Vernissage benutzt noch jemals einer Galerie zur Verfügung gestellt.«
»Sie sind unverkäuflich?« fragte Philippe.
»Ja, ich habe sie nicht aus kommerziellen Gründen, sondern nur zu meiner eigenen Freude gemalt«, erklärte Olivier. »Das gilt auch für die anderen.«

Wir gingen weiter zu einem Ölgemälde, das unverkennbar zeigte, wer dem Maler Modell gesessen hatte: Florence lächelte dem Betrachter zu. Sie saß, auf die Ellbogen gestützt, an einem Gartentisch, auf einem alten Eisenstuhl.
»Mein Lieblingsbild«, sagte Olivier. Er ging weiter und zeigte auf ein anderes Gemälde. Dieses letzte Bild der Reihe hing ein wenig abgesondert im Halbdunkel und am Ende der Wand, aber es war einzigartig. Die Sinnlichkeit, die darin zum Ausdruck kam, verwob sich mit den Farben, die in Nuancen ineinander übergingen.
Ich getraute mich nicht, einen Kommentar zu geben. Auch dieses Bild zeigte Florence. Aber auf dieser Leinwand hatte sie den Maler zu einer gewagten Darstellung inspiriert: Auf dem Gemälde war sie nackt, mit gespreizten Schenkeln und einem schwarzen, stark gewölbten Venushügel zu sehen. Ihr Blick war gedankenverloren verhangen, nach innen gerichtet, und ihre unverhüllte Sinnlichkeit entfaltete sich vor einem blau-grünen und ockerfarbenen Hintergrund.
Ich fühlte mich ein wenig befangen, doch weder Olivier noch Florence schienen diese Befangenheit zu teilen.
»Ich finde, daß Olivier mein Wesen, die Stimmung, ja, das Lächeln meines Körpers hervorragend getroffen hat«, sagte Florence ohne die Spur einer Verlegenheit.
Olivier lenkte unser Augenmerk auf weitere

Gemälde, die an den anderen Wänden hingen, doch sie reichten an jenes Bildnis vollkommenster Schönheit und Sinnlichkeit nicht heran.
»Wissen Sie, zwischen dem Maler und seinem Modell muß eine besondere Beziehung, eine Spannung, eine erotische Verbindung bestehen. Nur dann wird er in der Lage sein, die sinnliche Ausstrahlung einzufangen und in Farbe und Licht zu verwandeln.«
»Ich habe schon viele Galerien besucht«, sagte Philippe. »Aber nirgendwo habe ich Bilder heutiger Künstler entdeckt, die denen von Olivier in ihrer malerischen Qualität überlegen gewesen wären. Das sage ich keineswegs, um ihm zu gefallen.«
Olivier wehrte sich ein wenig verlegen. »Es kommt immer auf den Betrachter, auf seine Neigungen und Vorlieben und seine augenblickliche Stimmung an.« Er wandte sich an mich. »Auch Ihre journalistischen oder schriftstellerischen Werke werden nicht allen gefallen. Aber wenn die Zustimmung die Abneigung überwiegt, ist schon viel gewonnen.«
Wir verließen den Raum und betraten das eigentliche Atelier, in dem verschiedene Staffeleien mit teilweise noch unbemalten Leinwänden standen. Ungerahmte Bilder und Skizzen lagen auf einem langen, von Farbklecksen übersäten Tisch herum. Auf einer Staffelei war ein Gemälde in Bearbeitung, das wiederum Florence als anbetungswürdigen Mittelpunkt verherrlichte.

Auch wenn erst ein Teil des Bildes fertiggestellt war, so waren doch bereits ihre Gesichtszüge in ersten, sparsamen Linienführungen zu erkennen.
Wir unterbrachen die interessante Reise in die Malerei, und Olivier zeigte uns Plastiken, die er aus den verschiedensten Materialien gefertigt hatte. Auch auf diesem Gebiet zeigte er sich von überragender Begabung.
Ich ertappte mich, daß ich nach seinen feingliedrigen Händen sah, die solche Werke hervorzubringen vermochten. Ich hatte schon immer für Hände von starker Sensibilität eine besondere Bewunderung verspürt, für die Hände eines begnadeten Virtuosen am Klavier genauso wie für die eines Malers oder Bildhauers oder auch für die eines einfühlsamen, erfahrenen Liebhabers.
»Würdest du Mireille malen, wenn ich dir den Auftrag dazu erteilen würde?« fragte Philippe. Er lächelte. »Selbstverständlich würde ich die Arbeit bezahlen.«
»Unter der Bedingung, daß ich dir das Bild schenken dürfte«, sagte Olivier. »Woran denkst du? An ein Porträt?«
»Nein, ich stelle mir eher einen Akt vor, ein Bild, wie du es auch von Florence geschaffen hast«, erwiderte Philippe.
Olivier wiegte bedächtig den Kopf. »Dazu bräuchte ich ihre Zustimmung.« Er sah mich an, fragend und auf mein Einverständnis hoffend.

Ich rief mir Florence in Erinnerung und dachte daran, wie die Bilder wohl entstanden waren. Ich erinnerte mich an Oliviers Worte, mit denen er zu Recht auf absolutem Vertrauen bestand, ohne das ein solches Ergebnis nicht zustande kam. Ich dachte an die Beziehung zwischen Maler und Modell, an die Zeit, die sie zusammen verbringen mußten. Und wie würde überhaupt Florence reagieren?
Sie erweckte nicht den Eindruck, daß sie besonders eifersüchtig war.
»Es wäre eine große Ehre für mich«, gab ich unumwunden zu.
»Meinetwegen können wir heute schon anfangen«, meinte Olivier. »Aber vorher wollen wir wenigstens noch ein bißchen zusammensitzen.«
Wir kehrten auf die Terrasse und zu dem Champagner zurück, und nach einem weiteren Glas war ich ein wenig beschwipst. Eine merkwürdige Aufregung angesichts der bevorstehenden Sitzung ergriff von mir Besitz, und die Zeit, während wir über die verschiedenen Epochen der Malerei und ihre Berühmtheiten sprachen, war nur geeignet, meine Nervosität zu verstärken. Ich fühlte mich wie ein kleines Mädchen, das sich vor einem unbekannten Ereignis fürchtete und ihm gleichzeitig entgegenfieberte; ich ertappte mich, daß ich mich an den Gesprächen der anderen nur noch uninteressiert beteiligte. Die Sitzung, auf die ich mich ohne große Über-

legung eingelassen hatte, beschäftigte alle meine Gedanken. Ich war erlöst, als Olivier endlich das Zeichen dazu gab.

Zu meiner Überraschung stand nicht nur er auf. Auch Philippe und Florence erhoben sich. Die Vorstellung, daß sie an der Sitzung teilnehmen wollten, erfüllte mich mit fliegender Hitze. Vielleicht hatte ich doch zu schnell eingewilligt.

»Am besten gehen wir in das Atelier«, schlug Olivier vor. Auf dem Weg erläuterte er seine Malweise. »Natürlich könnte ich auch eine Fotografie als Vorlage verwenden. Es gibt Maler, die so arbeiten, und es soll andere geben, die ihr Motiv von einem Dia auf die Leinwand projizieren. Von derartigen Manövern halte ich nichts. Nicht nur, daß sich diese Maler ihre Kunst ziemlich einfach machen, mir würde auch das Leben, die Ausstrahlung aus der Bewegung fehlen.« Er dirigierte mich zu einer Couch, die zwischen seinen Staffeleien in einer Ecke stand. Florence und Philippe zogen sich in den Hintergrund zurück.

Plötzlich erschrak ich in der Erinnerung, daß ich seit unserem Ausflug nach Colombières noch gar nicht geduscht hatte. Ich hatte noch nicht einmal Gelegenheit gefunden, in das Schwimmbecken zu springen. Normalerweise gehörte es zu meinen penibel eingehaltenen Grundsätzen, die Regeln der täglichen Körper- und Schönheitspflege zu beachten, doch ausgerechnet jetzt fehlte mir die Möglichkeit dazu. Ich befürch-

tete, daß die verräterischen Spuren Philippes auf meinem Körper zurückgeblieben und für jedermann gut sichtbar waren. Der Gedanke daran machte meine Aufregung nicht gerade geringer.
Olivier zeigte auf einen Stuhl. »Sie können Ihre Kleider gern dort ablegen«, sagte er wie ein Arzt.
Die wildesten Befürchtungen wirbelten mir durch den Kopf. »Sie wollen, daß ich mich vollständig entkleide?« fragte ich zögernd.
Er lachte. »Haben wir nicht einen Akt vereinbart? Wie soll ich Ihren Körper verewigen, wenn ich ihn nicht einmal kenne?«
Ich enteilte unter ein paar Ausflüchten ins Bad, und als ich zurückkehrte, war ich nicht nur darüber beruhigt, daß Spuren des Ausflugs in den Wald bei Colombières nicht mehr zu entdecken waren – ich hatte auch meine Fassung wiedergefunden. Ein bißchen unschlüssig stand ich zwischen den Leinwänden und wußte nicht, wie ich mich weiter verhalten sollte.
»Nun, es gibt keine Verpflichtungen, nur Absprachen«, sagte Olivier. »Aber soweit ich mich erinnere, haben wir darüber bereits eine Übereinkunft erzielt.«
»Ja«, sagte ich und suchte den Reißverschluß meines Kleides. Als ich an dem Haken zog, verursachte die Bewegung in der Stille ein langes metallenes Geräusch.
Die Luft war warm, fast zu warm. Florence öffnete ein Fenster, um die Temperatur auf angenehmere Grade herabzusetzen.

Ich streifte mir das Kleid über den Kopf. Olivier widmete sich seinen Farben und Pinseln und schien sich überhaupt nicht um mich zu kümmern.
Ich setzte mich auf die Couch und wartete auf weitere Anweisungen, doch Olivier fuhr fort, seine Vorbereitungen zu treffen. Er redete nicht und sah auch nicht zu mir herüber.
Da er mich ignorierte, gewöhnte ich mich an die Situation. Mein anfangs erhöhter Pulsschlag normalisierte sich, und es gelang mir sogar, Philippes und Florences Anwesenheit zu verdrängen.
Als Olivier mit seinen Vorbereitungen zufrieden schien, widmete er sich seinem Modell. Er lächelte amüsiert, als er mich erblickte. »Sie wollen Ihren Tanga anbehalten?«
»Oh. Soll ich etwa schon jetzt …?« Ich fühlte mich wie eine naive Schülerin. Dann streifte ich auch den Slip ab.
Oliviers Blick war der eines Gutachters. Prüfend fuhr er mit den Augen die Konturen meines Körpers nach. »Sie haben eine makellose Figur«, stellte er fest. »Am besten legen Sie sich halb auf die Couch zurück, einen Arm um die Rückenlehne gelegt, das hintere Bein etwas nach oben angewinkelt.«
Ich versuchte seinen Anweisungen zu folgen. Da ich ihnen nicht zu genügen schien, kam er zu mir her und legte mich so lange zurecht, bis er mit dem Ergebnis zufrieden war. »Sie dürfen

und sollen sich sogar bewegen«, dozierte er, »ich brauche die Bewegung zur Inspiration, aber wenn ich es verlange, müssen Sie die jetzige Position immer wieder einnehmen. Wie eine in dieser Haltung erstarrte Statue, Sie verstehen?«

»Ich werde mich bemühen«, erwiderte ich.

Noch nie war ich Modell gestanden, keinem Maler und nicht einmal einem Fotografen. Aber merkwürdigerweise gefiel mir meine Aufgabe, sie bereitete mir zunehmend Vergnügen und eine unterschwellige Lust. So regungslos ich verharrte, so voller Leben war mein Leib. Ich ahnte, daß Philippe und Florence mich beobachteten, meine Brüste, meinen nackten Schoß. Ihre Blicke, die ich nicht sah, aber um so mehr auf meinem Körper spürte, waren wie Liebkosungen. Ich hatte mich noch nie öffentlich fremden Augen ausgesetzt, aber jetzt fragte ich mich, ob ich nicht exhibitionistische Neigungen in mir trug.

Ja, meine Rolle begann mir zu gefallen.

Manchmal kam Olivier zu mir her und berichtigte meine Pose, schob mein Bein etwas zur Seite oder drückte mich ein wenig mehr an die Rückenlehne. Ich war ihm völlig ausgeliefert, sowohl mit meiner Nacktheit als auch mit meinem Gehorsam. Seine Berührungen, mit denen er mich wie eine Vorlage änderte, mich immer wieder zurechtrückte, weckten ganz eigenartige Empfindungen in mir.

Ich ertappte mich, daß ich immer wieder auf sei-

nen Blick hinter der Leinwand hervor wartete, ihn herbeiwünschte, ihn wie eine physische Liebkosung genoß. Ich gefiel mir darin, den Part der Verführerin zu spielen, das Sinnbild der Verlockung zu sein, der unbezähmbaren Versuchung.
»Wunderbar«, sagte Olivier hinter seiner Staffelei mehr zu sich selbst.
Philippe sah ihm über die Schulter. Er nickte. Sein Gesicht drückte Bewunderung aus. »Hervorragend, Olivier. Ein unglaubliches Ensemble, wie es nur ein Meister zu schaffen vermag!«
Olivier lachte und wies Philippe in seine Schranken. »Kein Meister hört Lobeshymnen gern, bevor er sein Werk vollendet hat! Und dieses hier ist ja erst im Entstehen!«
Ich konnte mir noch kein eigenes Urteil erlauben. Immer wenn Olivier mich anblickte, zwang ich mich, in der Pose zu verharren, die er festgelegt hatte, in vollkommener Ruhe und Bewegungslosigkeit, auch wenn dieser Schein trog. Aber langsam gewöhnte ich mich sogar an meine Blöße.
Philippe blickte immer wieder vergleichend zwischen mir und Oliviers Gemälde hin und her.
»Wollen Sie sehen, wie weit ich schon gekommen bin?« fragte mich Olivier plötzlich und legte seinen Pinsel aus der Hand.
»O ja, sehr gern!«
Ich erhob mich und ging um die Staffelei herum.

Mein Gesicht und meinen nackten Körper hatte er bereits skizziert. Das Bild zeigte eine frappierende Ähnlichkeit, aber natürlich hatte es eine viel stärkere Ausstrahlung, als ein Foto sie gehabt hätte.
»Phänomenal, was Sie auf eine leere Leinwand zaubern können«, gestand ich beeindruckt.
Das Telefon läutete, und Florence ging hinaus.
Olivier schälte sich aus seinem farbenbekleckssten Kittel. »Wir haben jetzt genügend gearbeitet«, sagte er und legte die Palette aus der Hand. »Ich nehme an, Sie sind einverstanden, daß wir die Sitzung für heute beenden? Ich weiß, daß sie auch für Sie anstrengend ist, und wir wollen ja nicht den ganzen Abend auf diese Weise verbringen. In Zukunft werde ich übrigens nicht mehr ununterbrochen auf Sie angewiesen sein.«
Florence rief Philippe ans Telefon.
Ich war noch dabei, meine Kleider überzustreifen, als Philippe zurückkam und mit Bedauern verkündete, daß er dringend nach Nizza fahren müsse. »Am besten wäre es gewesen, wenn ich nirgendwo meine Telefonnummer hinterlassen hätte. Dann wäre mir jedenfalls diese Fahrt erspart geblieben.«
»Mußt du in deine Agentur?« fragte Olivier.
»Ja, Laurent kommt mit einem Vertrag nicht zurecht. Ein bißchen schwierig, ich gebe es zu. Aber ich werde mich beeilen. In drei bis vier Stunden will ich wieder zurück sein. Je eine Stunde für die Hin- und Rückfahrt, und mehr

als zwei Stunden werde ich für die Besprechung wohl nicht benötigen.« Er kam auf mich zu und legte tröstend den Arm um mich.

»Siehst du, selbst an freien Tagen werde ich von meinen Geschäften aufgefressen. Es tut mir leid.«

»Macht doch nichts«, sagte ich beschwichtigend.

»Immerhin ist Nizza näher als Paris.«

»Wir werden Mireille beaufsichtigen«, sagte Olivier zu Philippe. »Du brauchst wirklich keine Sorge zu haben.«

Wir verließen das Atelier und gingen in die Wohnhalle. Philippe verabschiedete sich von uns, und ich begleitete ihn vor das Haus und sah ihm hinterher, bis er mit dem Wagen in Richtung Sainte Maxime verschwunden war.

»Ich weiß nicht, wie ich Sie einschätzen soll«, sagte Olivier bedächtig. »Widersprechen Sie bitte, wenn ich danebenliege. Ich glaube, daß Sie in Ihrer Einstellung zu erotischen und sexuellen Dingen sehr freizügig sind.«

»Wie kommen Sie darauf?« fragte ich lachend. Der Abendwind strich durch die weit geöffneten Terrassentüren quer durch den Raum. Florence hatte nur die Außenbeleuchtung eingeschaltet. Einige Strahler waren auf die Bäume und Sträucher um das Schwimmbecken herum gerichtet, so daß der ganze Garten in einem traumhaften Licht erstrahlte.

»Ich habe Sie beobachtet, als Sie vor meinen Bildern standen«, fuhr Olivier fort. »Es war nicht nur Ihr Interesse, das mir auffiel. Manche, die die Bilder betrachten, zeigen Ablehnung, andere sind sogar schockiert. Sie aber haben weder das eine noch das andere gezeigt. Ganz im Gegenteil – ich hatte den Eindruck, daß die Darstellungen Ihre Phantasie geradezu angesprochen und sogar beflügelt haben. Habe ich recht?«

»Die Bilder haben mir gefallen«, gab ich zu.

»Was hat Ihnen eher zugesagt: die Technik oder die Motive?«

»Mehr die Motive, von der Technik des Malens verstehe ich nicht allzuviel«, räumte ich ein. »Ich kann zwar die Ästhetik der Kompositionen beurteilen, aber wie man dazu gelangt, ist mir fremd.« Ich sah zu Florence hinüber.

Obwohl es auch um sie ging, verfolgte sie unsere Unterredung nur, ohne mit Worten daran teilzunehmen.

Olivier erhob sich und kam mit einem runden Krug zurück, aus dem er drei Gläser mit Wein aus der Provence füllte. »Sie werden sich fragen, was ich mit meinen Fragen bezwecke. Gleich komme ich darauf. Doch zuerst bin ich Ihnen noch eine Erklärung schuldig. Sehen Sie, ich bin besessen davon, mit meinen Gemälden die weibliche Schönheit zu interpretieren. Ich verherrliche sie. Vor allem ist es die Schönheit meiner Frau, deren Darstellung mir am Herzen liegt.« Er machte eine Pause. »Ich liebe Florence.

Sie ist meine Göttin, die ich anbete.« Überraschenderweise seufzte er. »Schon seit langer Zeit trage ich ein Anliegen mit mir herum, aber erst heute abend getraue ich mich, einer fremden Person davon zu erzählen. Sie erscheinen mir vertrauenswürdig.«

Er gab mir tatsächlich Rätsel auf. Ich hatte nicht die geringste Ahnung, worauf er hinauswollte, und wartete neugierig auf die Lösung.

Der Abend am Meer war von einer geheimnisvollen Atmosphäre erfüllt. Ich vermochte gut nachzufühlen, wie gern Maler, Schriftsteller und Künstler hierherkamen, um das besondere Licht, die ganz eigentümliche Verklärung für ihre Werke einzufangen. Nicht nur sie waren süchtig nach diesem Reiz, diesem Farbenspiel. Die Bucht von Saint Tropez zeigte einen milchigen Dunst. Gerade war der Sonnenball am Horizont verschwunden, und man konnte die gelben Lichter des Hafens strahlen sehen, ihren zitternden Widerschein im Wasser.

»Darf ich wissen, welche Bedeutung der Erotik in Ihrem Leben zukommt?« fragte Olivier.

»Nun, sie ist bestimmt wichtig«, sagte ich ein wenig unsicher.

Er lachte. »Wichtig? Welch eine Untertreibung! Ich bekenne, daß sie für mich nicht nur eine wichtige Rolle spielt; sie ist die wichtigste Kraft überhaupt! Ist das verwerflich?«

»Nein, ganz und gar nicht«, bestätigte ich und sah zu Florence hinüber.

Sie war sehr aufmerksam, hörte uns aber nur zu. Olivier lächelte. »Ich glaube, ich habe mich nicht getäuscht. Sie gehören zu den Menschen, die frei und unverkrampft sind. Leider sind diese Menschen selten. Unsere Zivilisation mit ihren Geboten und Verboten, mit ihren Einschränkungen und Maßregeln ist eine Feindin der Natürlichkeit. Über Jahrhunderte hinweg hat sie Verklemmung und Hemmungen hervorgebracht. Statt Freiheit bietet sie nur Frustration. Oder sind Sie anderer Meinung?«

»Nein«, antwortete ich. »Auch darin haben Sie recht.«

Olivier nickte zufrieden. »Sehen Sie, Florence und ich scheren uns nicht um Konventionen oder Predigten von Pharisäern. Da wir in unseren Anschauungen übereinstimmen, haben wir unsere eigene Moral.«

»Das ist der Idealzustand«, meinte ich.

»Ja, wenn die Partner dieselben Wünsche und Träume haben. Dann gibt es weder Laster noch Sünde noch Perversion.« Er blickte zu seiner Frau hinüber. »Ich glaube, daß wir beide diesen Zustand erreicht haben.«

Bei dieser Feststellung lächelte Florence zum ersten Mal. Es war ein offenes, natürliches und sehr hübsches Lächeln.

»Aber Sie hatten ein Anliegen?« erinnerte ich Olivier. Meine Neugier war durch seine Äußerungen nur noch größer geworden.

»Ja, ich habe es nicht vergessen«, sagte er. Erst

nach einer kleinen Pause fuhr er fort: »Wissen Sie, es fällt mir nicht leicht, Sie um diesen Gefallen zu bitten. Sie könnten einen falschen Eindruck gewinnen. Sie könnten beispielsweise denken, daß ich Philippe hintergehen will. Aber dieser Gedanke wäre völlig absurd. Ich halte die Treue für eine hohe Tugend. Sowohl Florence als auch ich würden einen Seitensprung nie dulden. Außerdem möchte ich Philippe als meinen besten Freund bezeichnen. Er ist für meinen Plan nur nicht geeignet. Kein einziges männliches Wesen wäre für diese Rolle eine gute Besetzung. Eine Frau – das ist etwas ganz anderes.«

Der Wind hatte ein wenig zugenommen. Das prachtvolle Grün des Gartens schimmerte unter dem inzwischen dunkleren Himmel und den Strahlern noch intensiver. Florence beteiligte sich nicht an unserem Gespräch.

Ich konnte mir immer noch nicht vorstellen, was Olivier im Sinn hatte. Er bemerkte meine Ratlosigkeit, stand auf und verließ den Raum. Florence füllte aus dem Krug die Gläser nach.

Als Olivier wieder zurückkehrte, trug er eine kleine Kamera in der Hand, und er sagte: »Ich denke, es ist am einfachsten, wenn ich Ihnen etwas zeige. Dann kann ich mir vermutlich weitere Erklärungen ersparen.« Er drückte ein paar Knöpfe und übergab mir dann das Gerät. »Schauen Sie«, forderte er mich auf.

Ich nahm die Kamera vor die Augen und sah durch den Sucher ein flimmerndes Viereck, das dem winzigen Monitor eines Fernsehgerätes glich.

»Ich hoffe, daß Sie so aufgeschlossen sind, wie ich Sie einschätze«, hörte ich Oliviers Stimme.

Auf dem Monitor erschien nach ein paar Sekunden Florence. Sie kam in einem seidenen Hauskleid hinter einem Paravent hervor. Dann hob sie mit den Fingern den Saum des Kleides, zog es über ihren Kopf und ließ es zu Boden gleiten. Das Bild kam näher. Sie war vollkommen nackt. Ihr Körper war wunderschön.

Im nächsten Augenblick legte sie sich auf ein breites Bett. Der schwache Schein einer Lampe hüllte ihren Leib in ein warmes, weiches Licht. Ihre Hände suchten verträumt die Spitzen ihrer Brüste. Sie öffnete die Beine, gab sich preis. Ihr Anblick war ebenso schamlos wie erregend.

Olivier beobachtete mich, ohne zu reden. Ich war unfähig, einen Laut von mir zu geben. Der Film und die Situation flößten mir die widerstreitendsten Gefühle ein, und es war mir keineswegs klar, was Olivier mit dieser freizügigen Vorführung beabsichtigte.

Sollte ich die Dritte im Bunde sein?

Mein Blick haftete auf dem Bild. Florence war in wachsende Unruhe gefallen. Ihre langen Beine hatte sie weit gespreizt. Ihr ganzer Leib wogte in unverhüllter Sinnlichkeit, und obwohl der Monitor nur stumme Bilder zeigte, ahnte ich, daß

sie vor Wollust stöhnte. Ihr Körper erbebte unter ihren eigenen Händen.
»Ist sie nicht frei, natürlich, zutiefst weiblich?« fragte Olivier. Seine Stimme klang belegt.
»Ja«, sagte ich. Die Bilder ließen mich nicht unberührt. »Haben Sie die Szene aufgenommen?« fragte ich, um nur etwas zu fragen.
»Ja«, erwiderte er. »Verstehen Sie jetzt, welche Aufgabe ich Ihnen zugedacht habe?«
»Nein, nicht unbedingt«, sagte ich wahrheitsgemäß.
Vor meinen Augen näherte sich Florence dem Höhepunkt. Ihr Gesicht war ein Spiegel der heranbrechenden Flut. Ihre Bewegungen wurden schneller, zügelloser. Sie bog den Kopf nach hinten. Ihr Körper spannte sich bis zu den Zehen. Ihre Finger vibrierten wie eine Libelle auf ihrem Schoß.
»Ich bin jetzt zweiundfünfzig Jahre alt«, erklärte Olivier, »meine Frau ist fast zwanzig Jahre jünger. Ich möchte sie nicht verlieren. Aber wir entwickeln uns getrennt. Während ich die Reife des Alters habe, hat sie den Vorzug der Jugend. Wäre die Verbindung von beidem nicht ein einzigartiger, göttlicher Traum?«
Jetzt. Das Beben.
Florence wand sich wie in Agonie, ihr Körper wurde von Schauern geschüttelt. Ekstatische Schreie, die man nicht hörte, aber sah. Ihre Lippen waren weit geöffnet. Ihre Hände strichen über ihre Brüste, drückten, umfaßten sie mit

wildem Verlangen. Sekunden, in denen sie offensichtlich die Kamera völlig vergaß. Sie hob die Arme über ihren Kopf.

»Was ist in fünfzehn oder zwanzig Jahren?« fragte Olivier. »Ich liebe meine Frau, und ich möchte sie im jetzigen Zustand verewigen. Nicht nur in toten Gemälden, auch in lebenden Bildern voller Leidenschaft. In einigen Jahren werde ich noch älter sein, und dann wird es mir eine Freude sein, sie wenigstens auf diese Weise für mich zu haben.«

Das Licht auf dem kleinen Monitor erlosch. Olivier nahm mir die Kamera aus der Hand.

Zum ersten Mal ergriff jetzt Florence das Wort. »Ich habe nichts dagegen, so betrachtet zu werden«, sagte sie. »Ich weiß nicht, welchen Film Olivier Ihnen gezeigt hat. Es gibt mehrere Filme, die er von mir aufgenommen hat. Leider bin jedoch immer nur ich das Motiv, nie ist er es oder sind wir es gemeinsam.«

Wir tranken aus den Gläsern. Der Eindruck des Gesehenen hielt mich immer noch gefangen.

»Es stimmt, es gibt keine Bilder, auf denen wir gemeinsam zu sehen sind«, sagte Olivier. »Natürlich könnte ich uns auf Gemälden festhalten. Wir könnten uns für die Kamera auch eines Stativs bedienen. Aber für einen Film wäre eine so starre Position langweilig.« Er versicherte sich mit einem Blick der Zustimmung von Florence. »Kommt Ihnen jetzt die Erleuchtung? Würde ich den Standort immer wieder verändern, wären diese Unterbrechungen das Ende jeden Beisammenseins. Ich müßte ständig aufstehen, die Kamera im Auge behalten, ihre jeweilige Einstellung – das würde jede Stimmung zerstören. Sie sind unsere Rettung, unser Ausweg. Sie sind eine Anhängerin der Erotik wie wir, und bestimmt haben Sie Verständnis für unser Dilemma.«

Jetzt endlich begann ich zu verstehen. »Ich soll einen Film drehen?«

»Sie stimmen also zu?« fragte Olivier.

Florence lächelte mich auffordernd an.

»Ich bin nur auf Sie zugekommen, weil ich die Überzeugung habe, daß Sie verschwiegen sind«, sagte Olivier. »Außerdem will ich, bevor vielleicht ein Mißverständnis entsteht, noch hinzufügen: Selbstverständlich sollen Sie nur die Kamera bedienen. Irgendeine andere Aktivität oder Teilnahme haben wir nicht im geringsten eingeplant.«

Ich fühlte mich ein wenig bedrängt. Eine so indiskrete Tätigkeit hatte ich noch nie ausgeübt. Ich wußte nicht, ob ich dafür überhaupt geschaffen war. Olivier und Florence schienen viel weniger Bedenken zu haben. Aber warum sollte ich ablehnen? Meine Beziehung zu Philippe würde ja in keiner Weise angetastet.

»Sie werden es also tun?« fragte Olivier fast drängend.

»Ja«, erwiderte ich endlich, ohne über die Konsequenzen meiner Einwilligung länger nachzudenken.

Olivier strahlte über das ganze Gesicht. Da ich mich seinem Ansinnen nicht widersetzt hatte, traf er sofort alle Vorbereitungen. Er gab Florence ein Zeichen, und sie entfernte sich in einen anderen Raum. Er selbst verließ ebenfalls die Wohnhalle, um, wie er sagte, einen neuen Film zu holen.

Als Florence die Halle wieder betritt, trägt sie denselben Seidenmantel wie am Anfang des Films, den ich eben gesehen habe. Ihre Augen sind noch ausdrucksvoller und glänzender, ihre Bardot-Lippen noch voller geworden. Über ihre Verwandlung bin ich so überrascht, daß ich Oliviers Anweisungen nur ganz beiläufig zur Kenntnis nehme.
»Mit diesem Knopf können Sie die Aufnahme beginnen, und hier ist der Regler für die Naheinstellung.«
»Ja, ich kenne mich einigermaßen aus«, sage ich. Eine eigentümliche Aufregung hat mich erfaßt.
Florence lächelt mich an. »Kommen Sie, gehen wir ins Schlafzimmer!« murmelt sie.
Plötzlich haben wir es alle eilig.
Florence und Olivier gehen voraus, und ich folge ihnen, die Kamera in der Hand.
Eine getäfelte Tür. Wir treten in einen großen, mit Teppichen belegten Raum. Spiegel an den Wänden. Ein breites französisches Bett auf einem kleinen Podest in der Mitte. Eine warme,

intime Beleuchtung. Bodenlange Brokatvorhänge vor den Fenstern.

»Die heutigen Geräte sind so gut, daß sie selbst bei ungünstigen Lichtverhältnissen noch exzellente Bilder hervorbringen«, belehrt mich Olivier. »Am besten halten Sie sich in diesem Bereich auf«, fährt er fort und zeigt auf den Platz vor dem Bett.

Ich nehme den Sucher der Kamera vor mein Auge und das Bett in mein Visier.

»Selbstverständlich können Sie sich frei bewegen. Die Regie liegt allein in Ihrer Verantwortung. Es gibt kein Drehbuch und keine sonstigen Vorgaben.«

Florence hat sich auf den Rand des Bettes gesetzt und schüttelt ihr Haar.

Mir wird schwindlig.

»Ist sie nicht schön?« schwärmt Olivier und tritt auf sie zu. Er küßt seine Frau auf die Wange und streichelt ihre Stirn.

Florence legt ihr Gesicht an seinen Arm. »Komm, zieh dich aus.«

Während er seine Kleider abstreift, wendet er sich noch einmal mir zu. »Bitte entschuldigen Sie, wenn wir Sie von nun an nicht mehr beachten werden. Sie dürfen keinen Anstoß daran nehmen, daß Sie jetzt nur noch Luft für uns sind. Sie sind sozusagen gar nicht mehr anwesend.«

Ich nicke. Meine Kehle ist trocken.

»Oh, wie kannst du so etwas sagen«, widerspricht Florence, die uns beobachtet. »Ist es nicht gerade ein besonderer Reiz, daß sie anwesend ist? Ich bin mir ihrer Gegenwart jedenfalls vollauf bewußt.«

»Ja, vielleicht hast du recht«, räumt Olivier ein. »Wahrscheinlich muß ich mich daran erst noch gewöhnen.«

In meiner Verwirrung bin ich kaum in der Lage, die Kamera ruhig zu halten.

Florence beginnt sich auf dem Bett zu entkleiden. Sie zieht an dem Knoten, der ihren Mantel zusammenhält, und als sie die Schlaufen löst, ist Olivier nahe an sie herangetreten. Sie läßt beide Enden los, so daß der glänzende Stoff auseinanderfällt und ihren nackten Körper halb enthüllt.

Ich betrachte sie durch mein Objektiv voller Bewunderung: ihren straffen Bauch, ihr dichtes Vlies, ihre langen, wohlgeformten Beine.

Olivier streift den Seidenstoff vollends von ihren Schultern, fährt mit seinen Händen durch ihr Haar. Florence läßt sich auf das Bett zurücksinken. Die Knospen ihrer Brüste haben sich aufgerichtet und verraten ihre Erwartung.

Ich hole das Bild heran. Das Bett erscheint mir in diesem Augenblick wie eine Bühne, eine romantische Stätte, für die Liebe geschaffen. Olivier legt sich neben seine Frau und bedeckt ihre Stirn, ihre Ohren und ihren Hals mit Küssen.

»O wie gut«, vernehme ich ihr Stöhnen.

Er streichelt ihren Nacken. Mit der anderen Hand tastet er sich zu ihren Brüsten hinab, umfaßt sie kreisend, nimmt ihre aufgerichteten Spitzen reibend zwischen seine Finger.
»O ja!« stammelt Florence entzückt. »Mach weiter!«
Ich halte den Atem an, rühre mich nicht von der Stelle.
»Ja«, flüstert Olivier und bedeckt mit seiner Hand die Wölbung des Schamhügels. Florence hebt ihm ihr Becken verlangend entgegen.
Als er mit seinen Händen die Beine seiner Frau auseinanderdrängt und leicht die Öffnung der Scheide berührt, entfährt Florences Lippen ein leises Seufzen. Sie streckt sich, legt sich weiter zurück. Er dringt in sie ein, ganz sacht und behutsam, und sogleich schließt sie die Augen. Er wird entschlossener, ungestümer. Sie gerät in Bewegung, in einen fast unmerklich kreisenden Rhythmus, und ihr Gesicht, das von ihren Haaren halb bedeckt ist, zeigt deutliche Zeichen wachsender Erregung.
Ich fühle, wie mein eigener Herzschlag sich erhöht. Aufgewühlt gehe ich mit der Kamera um das Bett herum, so daß ich das Paar von der anderen Seite aufnehmen kann. Meine eigenen Gefühle unterdrückend, versuche ich Oliviers und Florences Wunsch gerecht zu werden.
Olivier erhebt sich auf die Knie und sucht die Klitoris seiner Frau, saugt sie in seinen Mund, stachelt sie durch die Liebkosungen seiner

Zunge an, läßt sie wie einen winzigen Phallus zwischen seinen Lippen hin und her gleiten.

»O Olivier ...« Florence verliert vollends ihre Beherrschung. Sie beginnt sich zu drehen, windet sich, die Schauer erfassen ihren Schoß und ihren ganzen Leib. Ihr Mund stößt spitze, kleine Schreie aus.

Ich bemühe mich, Florences Gesicht zu finden. Dieses vor Wollust erschauernde Gesicht ist mir wichtiger als alles andere. Gibt es etwas Ausdrucksvolleres und Erregenderes als das Gesicht einer Frau, die liebt? Keine noch so unzüchtigen Bilder vermögen mehr Sinnlichkeit zu vermitteln als das lustvolle Gesicht einer Frau. Ich gehe näher heran und versuche, sämtliche Regungen einzufangen, die in Florences Gesicht wie in einem Spiegel zu lesen sind.

Offenbar ist Florence noch nicht geneigt, sich ihren Gefühlen bis zum Letzten hinzugeben. Sie richtet sich auf, entzieht sich hastig Oliviers Händen und Lippen, drückt ihn selbst auf das Laken zurück. Ich weiß nicht, was kommen wird, und lasse den Film einfach weiterlaufen. Erst jetzt erkenne ich, wie sehr die Erregung auch ihn erfaßt hat.

Florence beugt den Kopf, so daß die Flut ihrer Haare auf seinen nackten Körper fällt. Dann schlingt sie ihre Arme um seine Lenden, küßt die Spitze des Gliedes, das sich ihr pochend und sehnsuchtsvoll entgegenreckt, und umfaßt es in seiner ganzen Länge. Mit aufreizend langsamen

Bewegungen beginnt sie daran zu reiben, ihre Finger gleiten hinauf und hinab, bis es noch stärker schwillt und fast zu bersten droht. Darauf hat sie nur gewartet. Für Sekunden sucht sie Kontakt zur Kamera, will anscheinend wissen, ob sie noch läuft. Das rote Licht beweist es ihr. Sie umschließt den Kopf des blutroten Stabes wie eine Trophäe. Ich setze mich in die Hocke und betätige den Zoom. Mit einem Lächeln kehrt sie zu ihrem Tun zurück, überrascht den Phallus mit einer Reihe von leichten Bissen, findet mit ihrer Zungenspitze den sensibelsten Punkt unter der Spitze, und sofort gerät Olivier in einen unkontrollierbaren, übermächtigen Rausch.

Ihr frivoles Spiel entlockt seiner Kehle ein rauhes Stöhnen. Davon angestachelt fährt sie fort, steigert sich noch, um ihm weitere Laute zu entlocken. Plötzlich, ohne jede Ankündigung, nimmt sie die Spitze des pochenden Stabes so tief in ihren Mund, daß sie fast erstickt. Als die Lust Olivier zu überfordern droht, entläßt sie ihn, um ihm eine kurze Erholung zu gönnen.

Ich frage mich, ob Florence und Olivier meine Anwesenheit überhaupt noch bewußt ist. Die Lust, die sie jetzt genießen, verspüre ich auch zwischen meinen zusammengepreßten Schenkeln. Vielleicht gibt es Fotografen oder Kameraleute, die eine solche Arbeit völlig teilnahmslos leisten, die völlig unberührt bleiben. Ich jedenfalls bin dazu nicht imstande.

Olivier bewegt sich bereits so nahe an der Grenze, daß ich annehme, bei der nächsten Herausforderung müsse er seine Beherrschung verlieren. Doch er besitzt eine bewundernswerte Ausdauer. Ich verfolge, wie er sein Glied in die Hände nimmt. Bald tupft er mit der Eichel genau auf Florences Brustspitzen, die harten Knospen mit seinen Säften benetzend, bald senkt er sich in das Tal hinunter. Von beiden Seiten preßt er die Hügel gegen sein heißes Fleisch, so daß ein weicher Tunnel entsteht und sein Phallus in seiner ganzen Länge darin verschwindet. Dann fährt er weiter hinauf, die Beuge ihres Halses entlang. Er streichelt ihre Wangen. Ich verschiebe das Objektiv und sehe, wie Florence ihre Lippen öffnet, um das zuckende Glied in sich aufzunehmen.

Irgendwie spüre ich Eifersucht. Ich weiß, daß es keinen vernünftigen Grund dafür gibt. Aber ich kann das Gefühl nicht unterdrücken.

Florence nimmt den Stab in den Mund. Je länger sie daran saugt, desto stärker zeigt Oliviers Gesicht die Zeichen der Erregung. Er stöhnt vor Wollust. Florence zittert vor Ungeduld.

Ich spüre, daß das Finale nicht mehr fern ist. Mechanisch halte ich die Kamera. Unerklärlicherweise bin ich wie gelähmt.

Florence will nicht länger warten. Sie bedeutet ihrem Mann, sich auf sie zu legen. Ihre Stimme klingt brüchig, belegt. »Nimm mich! Nimm mich!« Als er zögert, wird ihre Stimme unnach-

giebiger, fordernder: »Nimm mich doch, nimm mich mit deiner ganzen Kraft!«
Ihre Aufforderung ist wie ein Signal. Auch er ist jetzt nur noch von diesem einen Wunsch beseelt. Ich denke an Philippe und unseren Abend am Strand, unseren Vormittag am Schwimmbecken, unseren Nachmittag.
Florence spreizt die Beine, und mit ein paar Handgriffen zieht Olivier zwei Kissen heran. Sie kommt ihm zu Hilfe, indem sie ihr Becken anhebt und die Kissen darunterschiebt.
»Komm jetzt!« Sie bietet ihm ihren Schoß wie eine reife Frucht.
Plötzlich ist er nicht mehr zurückhaltend, nicht mehr behutsam, auch nicht mehr zärtlich. Mit zusammengebissenen Zähnen führt er seinen Penis an ihren wartenden Schoß. Die Berührung entflammt ein wildes Feuer.
Florence schmiegt sich an ihn, preßt sich an seine Lenden. Mit aller Gewalt drängt sie danach, mit seinem Körper zu verschmelzen. Sie weist ihm mit ihren Händen den Weg, und ungestüm bohrt er sein steifes Glied in sie hinein, mit begierigen Stößen und wildem, verbissenem Keuchen.
Florence windet sich, schreit. Er scheint zu erstarren, verkrampft. Ihr erhitzter, geschmeidiger Leib bäumt sich auf. Ihr Unterleib beginnt zu kreisen, und ein Ausdruck höchster Verzückung überzieht ihr Gesicht.
Was ich sehe, reißt mich mit. Ich weiß, daß meine Ruhe gerade jetzt wichtig ist. Ich darf Olivier

und Florence nicht enttäuschen. Aber es fällt mir schwer.
In den Wellen des herannahenden Orgasmus kann auch Olivier nicht mehr länger an sich halten. Er beugt den Kopf nach hinten, schließt die Augen und preßt die Lippen zusammen, bis die Ekstase ihre verschlungenen Körper in einer gemeinsamen Explosion ereilt.
Florences Schreien, Wimmern dringt an mein Ohr. Der Orkan zieht über ihren Schoß, ihre Brüste, ihr Gesicht. Röte fliegt über ihre Wangen, ihre Brust. Ihre braunen, festen Knospen scheinen zu bersten. Ermattet liegen Olivier und Florence auf dem breiten Bett.
Olivier wendet den Kopf in meine Richtung. »Sie können die Kamera jetzt abstellen«, murmelt er.
Ich drücke den Knopf, der die Aufnahme beendet, und lege den Apparat aus meiner zitternden Hand. Oliviers Worte haben mich in die Wirklichkeit zurückgeholt; eben noch bin ich nahe daran gewesen, denselben Gipfel zu erreichen wie Florence und Olivier.
Ich sehe auf die Uhr an meinem Handgelenk.
Olivier bemerkt es und mahnt, daß für uns alle nun Eile geboten sei.
Sie kleiden sich wieder an, und während Florence ins Bad entschwindet, um sich noch ein wenig zu erfrischen und ihre Haare zu ordnen, gehe ich bereits in die Wohnhalle voraus.
»Haben Sie keine Angst, daß der Film in unbe-

fugte Hände gelangen könnte?« frage ich, als wir in der Wohnhalle wieder zusammensitzen.
»Doch«, gibt Olivier zu. »Daran habe ich auch schon gedacht. Ich hoffe, daß mir und Florence noch die Möglichkeit bleiben wird, die Filme zu vernichten, bevor wir von dieser Welt abtreten müssen. Bis dahin werde ich sie hüten wie meinen wertvollsten Besitz. Aber von alledem abgesehen: Was wollte ein anderer damit anfangen? Die Empfindungen, die ich mit diesen Aufnahmen verbinde, könnte ein Dritter nicht nacherleben. Er hätte allenfalls eine vorübergehende voyeuristische Genugtuung.«
Ich überlege, ob ich selbst bereit wäre, mich in derartiger Intimität einer Kamera preiszugeben, und bin unsicher. Ja, ich habe mich Olivier nackt als Modell für sein Gemälde zur Verfügung gestellt. Aber das war etwas anderes.

Eine knappe Stunde später kam Philippe aus Nizza zurück. Er war erfreut, daß wir noch wach waren und auf ihn warteten.
Olivier, Florence und ich hatten über unser Tun kein Wort mehr verloren. Stillschweigend waren wir übereingekommen, uns so zu benehmen, als sei während Philippes Abwesenheit nicht das geringste geschehen, und ich hatte mir vorgenommen, ihm nichts davon zu erzählen. Es war eine Geschichte, die unsere Beziehung in keiner Weise berührte, und es war auch nicht notwendig, daß er davon erfuhr.

Ich wollte aufbrechen, um nach Cavalaire zurückzufahren, aber Olivier hielt mich zurück. Ich sei bestimmt müde, fand er, außerdem hätten wir alle reichlich Wein getrunken und schließlich sei es schon Mitternacht. Auch Philippe überredete mich, in dieser Nacht noch zu bleiben. Bald beendeten wir unsere Gespräche und suchten die Schlafzimmer auf.

Als wir wach nebeneinander lagen, erkundigte sich Philippe, wie wir eigentlich den Abend verbracht hätten.

»Die meiste Zeit haben wir uns über Oliviers Malkunst und meine Schriftstellerei unterhalten«, behauptete ich.

Er ließ es dabei bewenden und sagte, daß er Olivier bereits seit vielen Jahren kenne.

»Ich glaube, daß er seine Frau sehr liebt«, sagte ich.

»Ja, er betet Florence geradezu an. Ich bin noch nie einem Mann begegnet, der seine Frau mehr vergöttert als er. Und er ist ihr absolut treu.«

Einen Augenblick war ich nahe daran, Zweifel zu äußern. Aber hatte Philippe nicht recht? Olivier hatte mir zu keinem Zeitpunkt nachgestellt. Nein, ich konnte ihm nichts vorwerfen. Florence war tatsächlich der Inhalt seines künstlerischen Schaffens, seines ganzen Lebens. War es verwerflich, daß er seine Frau auch in bewegten Bildern für immer besitzen wollte?

Ja, Philippe hatte recht: Es gab selten Männer,

die ihre Ehefrauen über Jahre hinweg so anbeteten wie Olivier die seine.
»Wie lange sind die beiden schon verheiratet?« fragte ich.
»Olivier hat Florence vor acht Jahren auf einer Vernissage in Antibes kennengelernt«, erzählte Philippe. »Es war Liebe auf den ersten Blick. Er hat sich für sie scheiden lassen. Sofort nach dem Gerichtstermin haben sie geheiratet. Und seither ist er, so behauptet er jedenfalls, der glücklichste Mensch der Welt.«
»Hat er keine Kinder?«
»Nein, und ich glaube, daß er Kinder auch nicht vermißt. Vielleicht ist es sogar gut, daß Florence und Olivier ihre Liebe nicht zu teilen brauchen. Sie sind so sehr aufeinander eingestellt, daß jede andere Person, selbst ein Kind, ihre Harmonie nur beeinträchtigen würde. So wie sie zusammenleben, jede Minute ihres Lebens miteinander verbringen, verwirklichen sie eine ideale Lebensform, wie sie nur wenigen Paaren vergönnt ist.«
Ich wollte einwenden, daß Kinder eine starke Liebe noch stärker machen können, aber ich kannte ja nicht den Grund, warum Florence und Olivier keine Kinder hatten, und so zog ich es vor, das Thema zu beenden.
Ohnehin war Philippe von der Fahrt nach Nizza ermüdet, und auch ich wollte schlafen.
Er beugte sich zu mir herüber und hauchte mir einen Kuß auf die Wange. »Morgen möchte ich

mit dir ganz allein sein«, flüsterte er. »Ohne andere Menschen.«
Ich nickte und lächelte.
Vor dem Fenster, vom Meer her, sandte ein Leuchttum seine Lichtzeichen in den nachtblauen Himmel. Eine Weile verfolgte ich das immer wiederkehrende Spiel. Dann bemerkte ich an den ruhigen, gleichmäßigen Atemzügen Philippes, daß er eingeschlafen war.
Die Bilder der vergangenen Stunden traten mir wieder vor Augen: das verzückte Gesicht Florences, die sich verströmte, ihre gespreizten Beine, Oliviers erhitztes Keuchen, ihre nackten Körper im Taumel der Lust. Unwillkürlich suchte ich meinen Schoß.
Ich sah zu Philippe hinüber. Er schlief fest. Die Bilder überwältigten mich. Endlich konnte ich meinen Gefühlen freien Lauf lassen. Die eine Hand zwischen meinen Schenkeln, mit der anderen meine Brüste pressend, gab ich mich den wohligen Schauern hin, nach denen ich mich so lange gesehnt hatte. Ich unterdrückte ein Stöhnen, als es über mich kam. Philippe bemerkte nichts. Ein paar Minuten genoß ich noch meine Mattigkeit. Dann erst kamen meine Gedanken und mein Körper zur Ruhe.

6

Über der Provence und dem Meer steht eine sengende Sonne. Ich trage nur wenig auf meiner Haut, ein kurzes Baumwollkleid, das meine Brüste streichelt und mir das Gefühl völliger Nacktheit gibt.

Philippe hat mich mit seinem Wagen abgeholt. »Julien gibt heute abend ein Fest«, hat er mir feierlich erklärt. »Er besitzt ein Landhaus an einem See, ungefähr vierzig Kilometer von der Küste entfernt.«

»Wer ist Julien?«

Philippe weiß es selber nicht genau. »Irgendein reicher Geschäftsmann aus Lyon. Der Name ist ganz unwichtig. Alles ist improvisiert, ohne festes Programm, und jeder, der etwas beitragen kann oder gerade nichts Besseres zu tun hat, kann kommen.«

»Ein komisches Fest«, sage ich erstaunt.

»Ja.« Philippe lacht. Als wir ins Landesinnere fahren und die Wälder des Estérel-Gebirges erreichen, läßt die Hitze etwas nach. Kiefern und dichte Bestände von Korkeichen inmitten macchiaähnlichen Gesträuchs werfen kühlenden Schatten über die Straße. Philippe bereitet es Spaß, seinen Wagen rasant in die Kurven zu zwingen. Ich habe darauf verzichtet, mich anzuschnallen. Lieber spüre ich Philippes harte Schenkel, wenn der Wagen sich in die engen Kurven legt.

Ich rieche den Teer der Straße und Philippes männlichen Duft. Wir fahren schweigend. Der Fahrtwind braust gegen mein Gesicht.

Die malerische Landschaft mit ihren Zacken und Schründen leuchtet manchmal flammend rot. Nach verschlungenen Wegen bergauf und bergab gelangen wir plötzlich an einen traumhaften See. Philippe fährt unter ein grünes Gewölbe von Kastanien, und sofort sind wir von Männern und Frauen umringt. Sie begrüßen uns mit überschäumender Freude.

»Kommt, das Fest ist schon in vollem Gange!«

Die meisten Männer haben ihre Sandalen ausgezogen und ihre Hemden abgelegt, und alle Frauen tragen bunte Batikgewänder und Hibiskusblüten im Haar. Doch ich kenne kein einziges Gesicht.

Ich frage mich, ob vielleicht auch Florence und Olivier anwesend sind. Ich erkundige mich bei Philippe.

Er zuckt mit den Schultern. »Ich weiß es nicht. Wir haben uns nicht verabredet. Noch sind wir ja nicht angekommen.«

Ein Boot holt uns alle ab. Wir besteigen das Deck, und als es ablegt, stelle ich mich an die Reling, ganz vorne am Bug, und beobachte, wie die Spitze die ruhigen Wellen teilt. Ich weiß weder, wo ich mich befinde, noch, wo die Fahrt des Bootes enden wird.
Die ausgelassene Stimmung der Mitfahrenden wirkt ansteckend. Bald ist auch mein Haar mit einer Blüte geschmückt, und Philippe hält meine Taille umschlungen, mit einer Forderung, die sein Begehren nicht verbergen kann. Er hat das Hemd um seinen Hals geknotet.
Das Boot fährt geradewegs auf eine Insel mit immergrüner, blühender Vegetation zu. Davor liegt ein kleiner Strand. Musik dringt herüber, fremdartige Klänge von Holzinstrumenten. Die Melodien wirken beruhigend und erregend zugleich. Trommeln, die Töne einer Schalmei. Mein Nachbar, ein gutaussehender Mulatte, schiebt seiner Partnerin das Batikgewand über die Schultern, enthüllt völlig ungeniert ihre braune Brust. Sie lacht und läßt es sich gern gefallen. Barfuß betreten wir den Strand.
Wir werden von fröhlichen Menschen empfangen. Sie betrachten mich, streicheln mit ihren Blicken meinen Körper. Die anderen verschwinden den Strand hinauf zwischen den Palmen.
Ich frage mich, wo diese kleine Insel, dieser See gelegen sind. Ich finde keine Antwort. Ich glaube, daß dieses Paradies ein verschwiegener Sitz

der Göttin Aphrodite und auf keiner Karte verzeichnet ist.
Wir gehen ein paar Schritte hinter den anderen her. Palmen nehmen uns in ihrem Schatten auf. Die Hitze ist angenehmer, milder Luft gewichen, und sie und die Klänge haben mich in Erwartung versetzt.
Die Musik weist uns in eine bestimmte Richtung. Philippe nimmt mich an der Hand. Ich zögere, doch er geht weiter, und ich folge ihm. Ich bewundere seine Sicherheit, mit der er sich auf dem unbekannten Terrain bewegt, aber auf meine Frage beteuert er, daß er noch niemals auf der Insel gewesen sei.
Eine Frau kommt uns entgegen. Ihre Augen, die mich mustern, sind groß und ausdrucksvoll, umrahmt von ungewöhnlich langen Wimpern. Unter ihren schwarzen Haaren wölben sich schmale Augenbrauen. Sie hat einen sinnlichen, üppigen Mund. Um ihren Hals ist eine lange Perlenkette geschlungen, die zwischen ihren nackten Brüsten pendelt. Ihr Fußgelenk wird von einem feinen silbernen Kettchen geschmückt. Sie ist auffallend schön und trägt nur einen winzigen, schneeweißen Slip. Ihr herrlicher Busen wogt beim Gehen, und sie kommt auf mich zu, als habe sie mich unter allen ausgewählt. Unter den hier Versammelten scheint sie eine herausragende Stellung einzunehmen.
Sie führt mich, ohne Philippes Anwesenheit zu beachten, weiter. Wir durchqueren den Palmen-

hain, und als er endet, liegt vor uns eine sonnenüberflutete Lichtung, bevölkert von liebenden Paaren.
Ihr Treiben bleibt nicht ohne Wirkung auf mich. Ich ergreife Philippes Hand. Seit unserer Ankunft auf der Insel ist mein Verlangen immer größer geworden. Nichts ersehne ich mehr, als es den Paaren gleichzutun.
Meine Führerin scheint es zu ahnen. Plötzlich spüre ich ihre Hand unter meinem Kleid, auf meinen Brüsten. Die Berührung weckt sofort große Lust. Und da an diesem Tag offenbar alles erlaubt ist, revanchiere ich mich und reibe an ihren Brüsten. Sie lacht, nimmt meinen Kopf in die Hand und küßt mich auf den Mund. Trotz meiner Tage mit Naomi ist es ein ungewohntes, prickelndes Gefühl. Ich mag es. Sie bemerkt es und zieht mich noch näher an sich heran. Ihre Hand bleibt unter meinem Kleid, und sie streichelt zart meinen ganzen Körper. Ihre Finger erforschen mich langsam und kundig. Sie läßt keine Stelle aus. Ich erbebe, und sie küßt mich wieder, als ob sie mich dadurch zähmen wollte.
Wo ist Philippe?
Er steht neben mir, schaut uns zu. Seltsamerweise stört es mich nicht.
Ich lasse mich treiben.
Sie streichelt meine Brüste, hält sie umfangen. Sie reibt sich an mir und ich an ihr. Meine Brustspitzen liebkosen die ihren. Sie amüsiert sich darüber und reizt sie noch mehr. Mit einer

Geste bedeutet sie mir, mich zu setzen. Ich folge ihrem Wunsch, und sie beobachtet mich, aufmerksam, wie eine große Schwester. Ich spüre, wie meine Begierde erwacht. Ihre Hand entflammt mich.

Ich streichle, schüchterner als sie, ihren Leib und ihre Schenkel, streife den winzigen Slip von ihrem Schoß. Sie lächelt. Ich sehne mich danach, ihre Grotte, die in einen dichten, dunklen Wald eingebettet ist, zu berühren, und meine Finger betasten ihre intime Stelle, die der meinen gleicht. Sie stöhnt, und ich bin überrascht, daß es mir gelingt, ihre Lust zu wecken. Ich liebkose sie etwas kühner. Es kommt ihr, und sie stößt meine Hand zurück. Unvermittelt dreht sie sich mit gespreizten Beinen zu mir herum und zieht meinen Kopf an ihre Scheide. Ich lasse meine Zunge um ihre zarte, feuchte Knospe kreisen, die einen erregenden Duft verströmt, mit meinen Händen streichle ich ihre wogende Brust. Sie stöhnt und beendet den Zauber, indem sie sich mit schweren Atemzügen erhebt.

Zuerst bin ich über das plötzliche Ende enttäuscht. Wie gern hätte ich diese Zärtlichkeiten fortgesetzt! Wie gern hätte ich noch ihre Haut an der meinen gespürt und sie genossen! Wie nahe ist der Gleichklang unserer Empfindungen, unserer Wünsche und unseres Verlangens gewesen! Doch dann glaube ich, daß die eigentliche Erfüllung mir erst noch bevorsteht. Sie hat wohl etwas anderes vor.

Wir verlassen die Lichtung. Philippe geht neben uns her. Wir halten uns an den Händen. Niemand spricht ein Wort.
Schweigend gehen wir schmale Pfade entlang, durchqueren Blumengärten von großer Schönheit. Ich habe Zeit, die Farbenpracht unzähliger Pflanzen zu bewundern, seltene Blüten, die ich noch nie gesehen habe. Wir begegnen jungen Paaren, denen allen eines gemeinsam ist: Ihre Gesichter strahlen vor Freude und Glück, und alle sind unbekleidet. Viele tragen Perlen und Schmuck, manche haben ihre nackten Körper phantasievoll bemalt. Meine Führerin wird von allen mit Ehrerbietung gegrüßt.
Schließlich erreichen wir erneut eine Lichtung. Die Sonne neigt sich dem Abend zu, und als wir die Schatten der Palmen hinter uns lassen, zieht bereits die erste Dämmerung herauf.
Meine Gebieterin bleibt stehen, und auch Philippe und ich verharren einen Augenblick. Ich ahne, daß wir unserem Ziel jetzt nahe sind.
Ohne ihr Schweigen zu brechen, geht die Führerin weiter, auf eine Hütte zu, die sich kaum hundert Meter vor uns erhebt und in ihrer Architektur einem buddhistischen Tempel gleicht. Das ganze Bauwerk besteht aus exotischen Hölzern, aus Bambus und Schilf. Es hat keine Fenster.
Einige nackte junge Frauen eilen uns entgegen und begleiten Philippe und mich bis zu der dunklen Eingangstür.

»Die Wahl der meisten ist auf dich gefallen«, eröffnet mir die Führerin. »Das ist eine große Ehre für dich. Ich weiß, daß du dieser Ehre würdig bist. Du wirst eine unvergeßliche Nacht der Liebe erleben.«
Philippe ist ebenso sprachlos wie ich. Plötzlich ist die Führerin verschwunden. Ich frage Philippe, was jetzt geschieht, doch auch er hat keine Ahnung.
Bevor wir weiter nachdenken können, geleiten uns zwei der jungen Frauen durch den offenen Eingang des Tempels. Wir gelangen in eine Art Vorhalle, einen nur spärlich beleuchteten Raum, und sie lächeln mir aufmunternd zu. Sie trennen mich von Philippe, und ich bin allein. Die Umgebung wirkt fremdartig, mystisch. Ein betäubender Duft von Räucherstäbchen verbreitet sich. Ich fühle mich leicht, schwerelos, als Mittelpunkt eines göttlichen Rituals.
Ich frage nach dem Namen der Unbekannten, die mich zu diesem Tempel gebracht hat.
»Diana«, verraten mir meine Dienerinnen. »Sie ist unsere Herrscherin. Alles, was sie sagt, hat Gesetzeskraft.«
Sie streifen mir das Kleid vom Leib. Er wird mit Wasser gereinigt und mit Tüchern getrocknet. Dann tragen die Frauen Schälchen herbei, und mein ganzer Körper wird eingerieben mit Rosenöl und einer wohlriechenden Salbe aus aromatischen Kräutern. Als sie ihre Arbeit beendet haben, stecken mir die Frauen Blüten ins Haar.

Sie halten mir einen Spiegel vor, und ich sehe wie zu einer Hochzeit geschmückt aus, vorbereitet für eine Liebesnacht. Nach dieser Prozedur nehmen mich die Helferinnen in ihre Mitte. Sie öffnen die Tür in den Hauptraum, und gemeinsam, voller Erwartung, treten wir in die mystische Halle ein. Ich sehe Diana wieder, die uns vorhin allein gelassen hat.
Sie steht am Kopfende eines Altars, der in der Mitte errichtet ist. Einige Stufen führen hinauf. Ringsum sind Gestalten in weißen Gewändern versammelt. Männer und Frauen, deren Gesichter ich nicht erkenne. Dennoch kommen mir einige bekannt vor. Als ich die Gesichter näher betrachte, packt mich jähes Erschrecken: Naomi lächelt mich an, und Olivier und Florence sind darunter. Unwillkürlich will ich den Raum wieder verlassen, doch meine beiden Dienerinnen halten mich fest, führen mich bis zu den Stufen. Auf den steinernen Fliesen sind Teppiche von unschätzbarem Wert ausgebreitet. Der Duft der Stäbchen erfüllt die Luft. An den Wänden ringsum brennen Fackeln.
Ich bin wie narkotisiert, gehorche allen Befehlen. Mein Verstand ist ausgeschaltet.
»Komm näher«, befiehlt Diana lächelnd. Die Dienerinnen schieben mich die ersten Treppenstufen hinauf. Über ihrem Slip trägt Diana jetzt ein weißes Gewand mit einem goldenen Saum. An der mit Perlen bestickten Vorderseite fällt der Stoff über ihren Brüsten auseinander. Ein

zierlicher, ebenfalls mit Perlen besetzter Gürtel hält das Gewand notdürftig zusammen. Auf Dianas Kopf funkelt ein goldenes Diadem.

»Wir haben dich auserkoren«, stellt sie vor den Versammelten fest. »Wir nehmen dich in unser Reich der Liebe und der Glückseligkeit auf. Dieser Tempel ist das Zentrum unseres Paradieses, in das nur wenige Bevorzugte aufgenommen werden. In Zukunft wirst du zu uns gehören. Doch zunächst ergib dich dem Ritual der Aufnahme.«

Auf ihren Wink werde ich die letzte Stufe hinaufgeführt. Sich verstärkende Klänge von Instrumenten begleiten mich.

»Gib dich uns allen hin«, höre ich Dianas Stimme.

Ich spüre Hände, die mich nach vorne drängen und auf das Podium betten. Es ist mit einer Matratze bedeckt, mit einem Laken und einigen Kissen. Ich suche Philippe und finde ihn unter den anderen. Alle treten jetzt heran und umringen den Altar. Die brennenden Fackeln werfen bizarre Figuren an die Wände. Ich fühle das Laken, ein Kissen unter meinem Kopf. Ich höre das Gemurmel von Stimmen, die betäubende Musik. »Ja, du gehörst jetzt uns«, flüstert Naomi.

Ich erkenne, daß sie sich über mich beugt. Ihr Gesicht ist nahe an meinem. Wie kommst du hierher? Sie streckt die Hände aus und streichelt meine glühende Stirn. Ihr Gesicht kommt noch näher, ich spüre ihre Lippen auf meinen, dann streifen sie tiefer, und ich spüre ihre Haare und ihre Zunge, mit der sie die Knospen meiner Brüste umkreist. Mein Herz beginnt wild zu pochen. Was habt ihr vor? Ich sehe Florence, die lächelnd auf der anderen Seite steht, die Gesichter von Olivier und Philippe. Ich gerate in einen Strudel der Abwehr und des Verlangens. Mein Körper löst sich von meinem Willen, ich gebe jeden Widerstand auf. Naomi zieht meine Brustspitzen leicht in ihren Mund. Sie kennt mich, weiß, welche Schauer mich erregen. Unwillkürlich fahren meine Hände in ihr dichtes Haar. Hände binden mir ein schwarzes Tuch über die Augen. Da ich nichts mehr sehe, sind meine anderen Sinne nur noch offener. Ich höre, rieche, spüre alles. Meine Blindheit läßt mich erst recht in Wallung geraten. Ich spüre Hände, Lippen, die unermüdlich sind und meinen ganzen Körper liebkosen. Ich werde verrückt. Ihr seid ja verrückt!

Hände streicheln über meinen Bauch. Irgend jemand hält meine Füße, spreizt meine Beine, ich spüre Hände, die mich zwischen meinen Schenkeln streicheln. Hände sind auf meiner Stirn, auf meinen Brüsten, Hände und Lippen sind überall. Ich bäume mich auf, habe mich nicht mehr unter Kontrolle.

Nicht aufhören!

Ich kann mich nicht mehr halten. Wogen tragen mich davon. Die Trommeln, die gierigen Gesichter, die ich in meiner Vorstellung über mir sehe, meinen gespreizten Beinen ...

»Vereinigt euch!« höre ich Dianas Anweisung hinter meinem Kopf, und man nimmt mir das Tuch von den Augen.

Ich sehe, wie Philippe aus dem Kreis der um mich herum Versammelten hervortritt. Ich werde so gebettet, daß meine Beine über das Podest hinunterhängen. Dadurch bin ich ihm völlig ausgeliefert. Mein Schoß befindet sich genau in Höhe seiner Lenden.

Er gehorcht dem Zeremoniell, tritt näher, bis er mich berührt. Mein Unterleib beginnt zu kreisen, langsam erst, dann immer schneller. Philippe packt meine Gesäßbacken, und ich dränge meinen feuchten Schoß gegen seine Schenkel. Er soll die Wellen spüren, die mich überkommen ...

Die Krämpfe überfallen mich wie ein Orkan. Die ganze aufgestaute Spannung entlädt sich in zuckenden, stoßenden Rhythmen, die ich in dieser Stärke noch nie erlebt habe. Es scheint, als ob mein Körper in Brand geraten sei, und ich fache das Feuer noch an, öffne seinem Stab die Tiefe meines Schoßes mit den eigenen Händen. Er rammt sich so tief in meine Spalte, wie es nur möglich ist. Als ich spüre, wie sein Phallus sich mit der Kraft einer Schlange meiner Scheide bemächtigt, ist es mit meiner Beherrschung vorbei. Ich schreie.

Ich schreie so laut, daß meine Stimme draußen

vor dem Tempel zu hören sein muß. Ich falle auf das Laken zurück, und Naomi und Florence fangen mich auf. Sie legen mir ein Kissen unter das Gesäß, so daß mein Schoß sich höher als mein Körper erhebt. Florence und Naomi halten mich an den Armen.
Philippe folgt mir nach. Ich bin so aufgewühlt, daß ich nichts anderes mehr ersehne, als ihn noch einmal zu besitzen.
Während Naomi und Florence meinen Kopf und meine Schultern zwischen ihre Hände nehmen, beugt sich Philippe zu mir herab. Ich spreize die Beine und umklammere seinen Rücken.
Ja, komm zu mir! Fülle mich aus!
Mein Atem ist Wimmern, Keuchen, Stöhnen. Ich weiß, daß ich nicht lange brauchen werde. Ich fühle, daß es schon fast wieder soweit ist. Ein neuer Ausbruch steht unmittelbar bevor.
Komm, ich bin bereit!
Philippe führt die Spitze seines Gliedes an die feuchte Pforte meines Schoßes. Ich spüre die elektrisierende Berührung sofort. Mein pochender Unterleib drängt dem heißen Phallus willig entgegen.
Ja! Ja!
Ich hebe meine Hinterbacken noch über das Kissen an und dränge mich enger an den Stab heran. Ich bin nur noch auf das eine ausgerichtet. Diana greift ein, stachelt mein Begehren noch an. »Ja, vollendet es«, höre ich ihre Stimme.
Naomi und Florence legen ihre Hände an meine

Schläfen. Erfüllt nur von dem, was gleich geschehen wird, schließe ich die Augen. Ich lege mich zurück, voller Ungeduld und in fieberhafter Erwartung, und in fast demselben Augenblick fühle ich Philippes Glied tief in mich eintauchen. Das ist so überwältigend, daß ich erbebe, und dieses Mal läßt auch Philippe sich gehen. Wild bohrt er seinen Stab immer wieder in mich hinein, zieht sich zurück, kommt wieder, immer wieder. Ich presse mich an ihn, werde von seinem Rhythmus mitgerissen. Ich höre sein Röcheln, sein Keuchen und finde selbst keinen Atem mehr.

»Komm!!!« flehe ich. »Nimm mich! Tiefer!«

Meine Stimme versagt. Philippe stammelt etwas über meinem Gesicht. Ich verstehe ihn nicht. Doch ich höre ihn, fühle ihn, das genügt mir und macht mich glücklich. Der irre Strudel holt uns ein. Mit den Muskeln meiner Spalte umschließe ich seinen Schaft, so fest ich dazu imstande bin. Ich treibe ihn an. Mit jeder Faser meines Leibes erwidere ich die Stöße seines Körpers, der mich mit seinem Werkzeug durchbohrt. Meine Sinne schwinden.

Ich spüre es kommen. Es steigt in mir auf, aus der feuchten Tiefe meines Schoßes.

»Ich komme!«

Das Pulsieren meiner Scheide durchläuft mich von oben bis unten. In den Wellen der Lust spüre ich Philippes Glied, und ich bemerke, wie er verkrampft. Ich spreize die Beine, um ihn aufzufangen. O ja, endlich vollkommen eins mit ihm sein! Ein paar letzte Stöße, so tief und so hart wie möglich. Philippe taumelt. Auch bei ihm kündigt es sich an. Ich spüre das Zucken, das Zittern. Ich verströme mich. Philippe entlädt sich tief in meinem Schoß, so wie ich es mir gewünscht habe. Naomis und Florences Hände halten mein Gesicht.

Danach bleibe ich minutenlang liegen, um das Nachklingen des Bebens zu genießen. Philippe ist in mir geblieben, wir umarmen uns in vollkommener Harmonie. Nur langsam kommen wir wieder zur Besinnung.

Gibt es ein größeres Glück als das der Vereinigung, der Hingabe? Treten nicht alle Reichtümer dieser Erde dahinter zurück?

»Jetzt«, sagt Diana zufrieden, »jetzt seid auch ihr Kinder des Paradieses.«

Naomi und Florence lassen uns allein, und auch die anderen ziehen sich nun zurück. Philippe streicht mir behutsam über die Haare und das von Schweißperlen übersäte Gesicht.

Ich höre seine Stimme: »Sieh an, sieh an! Du scheinst einen wunderbaren Traum gehabt zu haben! Ich hoffe, daß ich darin vorgekommen bin.«

Ich erwachte mitten in der Sonne. Philippe stand vor mir und strich mir lachend mit einer Oleanderblüte über die Stirn. Das Sonnenlicht blendete meine Augen. Wassertropfen fielen von seinem nassen Haar auf mich herab. Er war einige Runden im Schwimmbecken geschwommen und trocknete sich mit einem Badetuch ab. Nur langsam kehrte ich wieder in die Wirklichkeit zurück. Wir befanden uns an dem kleineren der beiden Schwimmbecken der Ferienanlage, und es war früher Vormittag. Ich hatte mich auf einer Liegematte ausgestreckt und war dabei eingeschlafen. Aber ganz im Gegensatz zu anderen Träumen waren mir die Bilder, die soeben vorübergezogen waren, noch gegenwärtig und wirkten in mir nach.

Ich erzählte Philippe den Traum, ohne freilich Naomi, Olivier oder Florence namentlich zu erwähnen, und er suchte mit wissenschaftlichem Eifer nach einer Erklärung. Seine Deutung erschien mir etwas an den Haaren herbeigezogen, aber vielleicht war es wirklich so, daß ich unbewußt wünschte, Außergewöhnliches zu erleben.

Philippe war stolz, daß er den Hauptakteur gespielt hatte. Er liebkoste mich, fühlte sich bestätigt, empfand sich wohl wie der Herrscher im Reich meiner Sexualität. Wenn er schon die wichtigste Rolle in meinen Träumen besetzte, wie groß mußte dann erst sein Einfluß in meinem wirklichen Leben sein!

Ich gebe zu, daß sein Selbstbewußtsein nicht unberechtigt war. Noch nie hatte ich einen Liebhaber gehabt, der sich meiner Sinnlichkeit so sehr anpaßte. Er hatte mich nicht überwäl-

tigt, eine schwache Sekunde ausgenutzt oder etwas getan, was ich im nachhinein hätte bedauern oder bereuen müssen. Nein, alles, was wir dachten und taten, gefiel uns beiden.
Es schien mir, daß ich in Philippe den Mann gefunden hatte, den ich nicht mehr aufgeben wollte.
Wir erhoben uns.
»Wollen wir Tennis spielen?« fragte Philippe.
»Sehr gern«, erwiderte ich.
Um diese Zeit des Tages bestanden noch gute Chancen, einen freien Platz zu bekommen. Wir suchten mein Haus auf, wo wir uns umkleideten, und anschließend reservierten wir an der zentralen Tafel, an der man die Belegung genau nach Stunde und Wochentag anzeigen mußte, für die nächsten neunzig Minuten einen Tenniscourt.
Wir hatten beide schon längere Zeit nicht mehr gespielt, trotzdem kam bald ein recht ordentliches Match zustande. Zu meiner Überraschung gewann ich sogar den ersten Satz, aber die nächsten beiden Sätze gingen knapp an Philippe. Da niemand uns verscheuchte, brauchten wir nicht auf die Zeit zu achten und spielten zwei volle Stunden durch. Danach waren wir von der Anstrengung und der zunehmenden Hitze so erschöpft, daß wir uns erst einmal ins Gras legten. Meine Niederlage war zumindest ein Prestigeerfolg, und Philippe zollte mir seinen ganzen Respekt.

Auf der Terrasse meines Ferienhauses entledigten wir uns unserer Tenniskleidung, und Philippe verschwand im Bad. Ich wartete einige Minuten, dann ging ich ihm hinterher, öffnete die Tür der Duschkabine und hüpfte zu ihm hinein. Er hatte eine Flasche mit Duschgel in der Hand, und sein Haar und sein Körper waren von Schauminseln übersät.

»Ich will dir nur ein bißchen Gesellschaft leisten«, sagte ich und lachte. »Du hast doch nichts dagegen?«

Statt einer Antwort drehte er sich um und umfaßte mich mit seinen Armen. Ich spürte seine warme, nasse Haut, roch den herben Duft des Gels, und das Gefühl, das die enge Umarmung in mir auslöste, war so voller Begierde, daß ich erschauerte. Das Wasser rieselte wie ein warmer Tropenregen auf uns herab.

Ich nahm Philippe das Gel aus der Hand, zog ihn etwas beiseite und verteilte das Gel auf seinem Rücken. Philippe ließ sich die Prozedur gern gefallen. Als ich fertig war, trat er unter die Wasserstrahlen zurück und ließ den Schaum über seine braune Haut hinabfließen. Ich betrachtete seinen muskulösen Körper, seinen knackigen Hintern, der ein wenig heller war als die übrige Haut, und verfolgte das Muskelspiel seiner Lenden.

Er drehte sich zu mir um und lachte. »Eben hast du mich verwöhnt, jetzt revanchiere ich mich.« Er ergriff ein Stück Cremeseife, das in einem

Behälter in die Fliesen eingelassen war. Sodann begann er mit der Seife meine Haut zu massieren, am Hals beginnend und über meine Schultern bis zu meinen Brüsten wandernd. Ich sah, wie seine Arbeit ihn erregte. Gern ließ ich mir gefallen, wie er meine Brüste einseifte. Unaufhörlich umkreiste er ihre Knospen, bis sie sich fest erhoben und ich wohlige Schauer verspürte. Er lächelte und blickte auf mich herab. Gut so? schien er zu fragen und griff nach der Handbrause, die hinter ihm an den Kacheln hing. Er drehte sie auf und manipulierte irgend etwas am Regler des Kopfes. Dann prüfte er die Temperatur und richtete den vibrierenden Strahl auf meinen Bauch. In kreisenden Bewegungen führte er die Brause meinen Körper hinauf und hinunter. Als sie meinen Venushügel besprühte, erfaßte mich eine Unruhe, der ich nicht mehr gewachsen war. Ich prustete, drängte mich den prickelnden Kaskaden entgegen und konnte nicht verheimlichen, welche übermächtigen Wirkungen sich in meinem Körper entfalteten.
Philippe machte sich ein Spiel daraus, die Strahlen auf jeden Zentimeter meines Körpers zu richten, und meinem Mund entrang sich leises Stöhnen.
Philippe führte den Brausekopf zwischen meine Beine. Wider meinen Willen begann mein Unterleib sich zu bewegen, leicht erst, dann immer stärker und fordernder. Philippe geriet selbst in Ekstase. Während er mit einer Hand sanft über

meine Brüste und meinen Bauch streichelte, verwöhnte die andere mit der Brause meine pochende Klitoris, und orkanartig fühlte ich es auf mich zukommen.

Philippe unterbrach das Spiel, hob mich empor und drückte mich gegen seine Lenden. Ich umklammerte mit meinen Beinen sein Gesäß und spürte, wie er mich durchbohrte. Seine Zuckungen rissen mich in einen neuen, nicht weniger heftigen Orkan, und er verströmte sich fast gleichzeitig mit den Wellen, die meinen Schoß erschütterten.

Als ich wieder zu mir kam, hatte Philippe mich wieder auf die Füße gestellt und die beiden Brausen abgedreht. Er verließ die Kabine und trocknete sich ab. Ich tat dies ebenfalls und folgte ihm ins Wohnzimmer. Ausgerechnet jetzt klingelte das Telefon. Philippe reichte mir den schnurlosen Apparat.

Am anderen Ende der Leitung meldete sich Paul – ich war völlig überrascht.

Seine Stimme klang so, als sei überhaupt nichts zwischen uns vorgefallen. »Ich habe mir gedacht, daß du in dein Ferienhaus gefahren bist, als du zu Hause nicht abgenommen hast.«

»Was willst du?« fragte ich.

»Nur deine Stimme hören«, sagte er. »Immerhin habe ich sie seit längerer Zeit vermißt.«

Ich bemerkte, daß Philippe mich beobachtete.

»Ist das alles?« fragte ich.

»Im Augenblick schon.«

»Na, dann hast du ja dein Vergnügen gehabt«, entgegnete ich, bevor er weiterreden konnte, und legte den Hörer auf.

Philippe stand auf und sah mir aufmerksam ins Gesicht. »Das war Paul, nicht wahr?«

»Ja.«

»Liebst du ihn noch?« fragte er angespannt.

»Nein, natürlich nicht«, stellte ich fest. »Oder meinst du, alles, was wir getan haben, könnte ich tun, wenn ich einen anderen liebte?«

Er schüttelte den Kopf, lächelte. Erleichtert legte er einen Arm um meine Schulter. »Ich liebe dich«, sagte er so nachdrücklich, daß ich verwundert aufsah. »Ich will nur, daß du es weißt«, fuhr er fort. »Für alle Fälle. Zum Beispiel, wenn dieser Paul dich noch einmal anrufen sollte ...«

Dann wandte er sich ab und verschwand im Bad, wo er sich anzog.

7

Die Ferien neigten sich dem Ende zu, und ich machte mir Gedanken darüber, wie alles mit uns weitergehen sollte. Hatte ich, als ich losgefahren war, nicht nur wenige Tage ausspannen wollen? Jetzt waren schon volle zwei Wochen daraus geworden, und auch Philippe hatte nach seinen Fototerminen seinen Aufenthalt an der Côte d'Azur bereits um mehr als eine Woche verlängert. Jetzt wurde es Zeit, wieder in den Alltag zurückzukehren.

Wir kamen überein, unsere Rückreise zum Teil gemeinsam zu machen, und wählten dazu Land- und Nebenstraßen. So konnten wir auch einen Tag länger zusammenbleiben und uns besser an den unausweichlichen Abschied gewöhnen.

Wir wollten nicht stundenlang nur hintereinander herfahren. So hatte Philippe zwei Funkgeräte beschafft, mit denen wir in Verbindung treten konnten, wenn uns danach zumute war. Die kleinen Geräte erlaubten uns, sogar während der Fahrt ständig die Stimme des anderen zu hören. Die erste Rast legten wir bereits nach einer knappen Stunde ein.

Auf einem Parkplatz unter Bäumen abseits der Straße ließen wir uns Baguettes und Orangensaft schmecken.

Am Nachmittag bezog sich der Himmel. Dunkle Wolken schoben sich über die Sonne und ließen ein Gewitter befürchten; tatsächlich begann es bald zu regnen.

Gegen Abend funkte Philippe, der ein paar hundert Meter vorausfuhr, mir zu, daß ihm gerade ein Hotel für die letzte Nacht unserer Ferien in den Sinn gekommen sei. »Wollen wir die Fahrt nicht hier unterbrechen?«

»Ja, gern«, gab ich durch das Funkgerät zurück.

»Du wirst sehen, dieses Hotel ist ein Erlebnis«, versicherte er, und bei der nächsten Gelegenheit fuhren wir von der Straße herunter. Er übernahm die Führung bis zu einem Gebäude, das eher einem mittelalterlichen Schloß als einem Hotel glich. Alte Mauern und eine Reihe kleiner Fenster gaben dem ganz in der Nähe eines Sees gelegenen Bauwerk fast das Aussehen einer Festung.

Wir parkten in einem Innenhof. Uralte Bäume und mehrere Türme ragten in den grauen Himmel; ein prächtiges Portal schmückte die Fassade.

Philippe behielt recht; er schien tatsächlich die seltene Gabe zu besitzen, aus jedem Tag unseres

Zusammenseins ein unvergeßliches Fest zu machen. Die Zimmer waren überaus elegant eingerichtet, die Aufenthaltsräume mit Kostbarkeiten geradezu übersät.
»Gehen wir noch ein bißchen am See spazieren?« fragte er, als ein Diener unsere Koffer auf das Zimmer gebracht hatte.
»Jetzt, bei diesem Wetter?« fragte ich.
»Seit wann hast du Angst vor Regen?« lachte Philippe.
Ich nahm mir ein Cape, er einen Anorak.
»Ich würde gern am Ufer entlanglaufen«, meinte Philippe.
Der See reichte bis fast an den Park des Hotels heran. Rings um das Wasser führte ein Fußweg. Aus der Ferne war das Grollen eines Gewitters zu hören, das langsam näher kam.
»Ich fürchte, wir werden vor lauter Leichtsinn noch in einen Wolkenbruch geraten!« gab ich zu bedenken und zeigte nach oben.
»Oh, ich laufe gern im Regen«, sagte Philippe, und unbeeindruckt von dem Getöse am Himmel begann er durch den Park voranzugehen.
Schnell waren wir am Ufer des Sees. Der Wind wühlte das Wasser zu langen Wellen auf und wehte mir das Haar ins Gesicht.
Philippe legte den Arm um meine Schulter, und ich fühlte mich geborgen. Mein Körper drückte sich gegen den seinen. Er sagte nichts, nur ein Lächeln überzog sein Gesicht. Mit einer Hand schlug ich den Kragen meiner Jacke hoch.

Es begann stark zu regnen, doch wir gingen weiter, obwohl unsere Bekleidung nur geringen Schutz bot. So weit wir zu sehen vermochten, war niemand um den See herum unterwegs. Blitze zuckten über den Himmel, das Donnergrollen war bedrohlich nahe.

»Wollen wir uns nicht doch unterstellen?« schlug ich vor. »Mit Gewittern ist nicht zu spaßen, besonders am Wasser.«

Philippe stimmte mir zu.

Kaum fünfzig Meter entfernt stand eine Hütte, die Schäfern oder Waldarbeitern als Unterschlupf dienen mochte.

»Für eine Umkehr ist es ohnehin schon zu spät«, fuhr ich fort. »Bis wir den Parkplatz des Hotels wieder erreichen, sind wir völlig durchnäßt.«

»Ich glaube, unser Ausflug war doch keine gute Idee«, gab Philippe lachend zu.

Hand in Hand beeilten wir uns, zu der Hütte zu kommen. Deren Tür war nur angelehnt. Eine bessere Zufluchtsstätte hätten wir uns nicht wünschen können. Im Innern war es gemütlich und warm. Auf dem Boden hatte jemand eine Liegestatt aus getrocknetem Farn aufgeschüttet, und durch die geschlossenen Fensterläden drang sanftes Licht.

Philippe entzündete die Petroleumlampe, die auf dem Tisch in der Mitte stand. Draußen steigerte sich der Wind zum Sturm. Der Regen prasselte auf das dünne Metalldach, und der Donner

rollte mit ohrenbetäubendem Lärm über uns hinweg.
»Wollte ich dir nicht einen besonderen Luxus bieten? Jetzt bin ich froh, daß wir wenigstens diese Hütte gefunden haben«, scherzte er.
»Ist doch auch ganz schön«, meinte ich und setzte mich auf das Farnbett.
Während draußen das Unwetter tobte, zog ich mein nasses Cape aus und hängte es über einen Stuhl. Auch Philippe entledigte sich seines nassen Anoraks und seines Hemdes. Dann setzte er sich neben mich auf das Lager.
Alles hat seinen Sinn, seine Ordnung, seine Berechtigung, dachte ich. Vielleicht ist dieses Gewitter eine Fügung des Schicksals gewesen? Meine Angst vor dem Gewitter verflüchtigte sich.
Philippe legte den Arm um mich, strich mir behutsam über das Haar. Er hob mein Gesicht und nahm es zwischen seine Hände, küßte meine Stirn, meine Augen und meine Lippen. Bald wurde er ungestümer.
Wir verzichteten wie so oft auf Worte. Er zitterte, als er meine Brüste berührte, und ich ließ ihn gewähren. Ganz langsam streifte er mir die Kleider vom Leib, bis ich nackt war. Im Licht der Petroleumlampe sah ich das Begehren in seinem Gesicht, in seinen glänzenden Augen. Ich beobachtete ihn, wie er seinen Gürtel öffnete und aus der Hose stieg.
O ja, er war immer wieder schön. Er hatte dichte,

dunkle Locken, einen braunen Teint, breite, muskulöse Schultern. Ich sah, wie erregt er war. Er kam zu mir auf das Lager zurück, und ich streichelte ihn. Meine Lippen wanderten über seine Schultern, seine Brust und seinen Bauch. Inzwischen kannte ich ihn, und er kannte mich. Er umfaßte meine Brust, und ich drängte mich gegen ihn, spürte seine erhitzte Haut, seinen heißen Atem. Zusammen wälzten wir uns über den grünen Farn, der als Liebesnest wie geschaffen schien.

Der Regen peitschte jetzt orkanartig auf das Dach, und die Tür und die Fensterläden ächzten in ihren Scharnieren unter dem heftigen Sturm. Ein Donnerschlag über dem See ließ alles erbeben.

Wir umarmten uns, so dicht es ging. Philippe war bei mir, und mein Verlangen war viel größer als meine Furcht vor einem Gewitter.

Ich hörte Philippes Atem an meinem Ohr. Er liebkoste mit seiner Zunge meinen Hals, meine Brüste. Seine Hände eroberten meinen Leib.

Irgendwie war alles selbstverständlich. Auf eine hinreißende Art waren unsere Körper bereits eine Einheit. Seine Hand glitt zwischen meine Beine. Eine Woge der Lust trug mich davon.

Unwillkürlich preßte ich mich an ihn, und seine andere Hand spielte mit meinen Brüsten. Er wußte, wie empfindlich ich gerade dort reagierte. Die Spitzen richteten sich ganz von selbst auf und drückten sich gegen seine Handfläche.

Seine Ungeduld wurde so übermächtig wie meine. Ich hielt die Augen geschlossen, ganz ihm und seinen Liebkosungen hingegeben. Obwohl ich mich gegen den Gedanken wehrte, fragte ich mich, wann wir wieder so nah beieinander sein würden. Seine Hand entfernte sich, und an ihre Stelle trat das, was ich die ganze Zeit voller Verlangen erwartete. Während er sein Gesicht an meine Wange legte, half ich ihm, den Weg in mich hinein zu finden, und als er eindrang, überfielen mich so heftige Schauer, daß ich einen Schrei ausstieß. In wildem Begehren drängte ich mich an ihn.

Der Sturm in uns war so stark wie der draußen. Wir stammelten Worte, küßten uns, klammerten uns aneinander, als sei es das letzte Mal.

Wir keuchten, stöhnten. Der Orkan in uns vereinigte sich mit dem über dem See. Ich mußte an mich halten, um vor Freude, Lust und Glück nicht zu weinen. Voller Dankbarkeit drückte ich Philippes Hand.

Als wir wieder zu uns kamen, zog das Unwetter langsam ab. Der Regen tropfte nur noch schwach auf das Dach, und der Sturm hatte sich gelegt. Vor der Hütte war es fast unwirklich still geworden.

Eine Weile blieben wir noch erschöpft auf unserem Lager liegen. Dann erhob sich Philippe. Er steckte den Kopf aus der Tür und meldete, daß der Himmel wieder hell sei. Er kehrte zurück und sah auf mich herab. »Siehst du, jetzt hat

diese Wanderung doch noch ihr Gutes gehabt«, meinte er lachend.
Wir zogen unsere Kleider an, und Philippe löschte die Lampe. Nun konnten die Waldarbeiter ihre Hütte wieder nutzen oder der Schäfer, der sich das Farnlager eingerichtet hatte. Wir lachten. Wenn sie wüßten, für welchen Zweck wir es benutzt hatten!
Die graue Wolkendecke riß auf, und an einigen Stellen kam sogar die Sonne durch. Engumschlungen begaben wir uns auf den Rückweg. Immer noch waren wir weit und breit allein unterwegs. Die Wellen auf dem See kräuselten sich im leichten Wind, und als wir am Hotel ankamen, verspürten wir einen ordentlichen Hunger.
»Darf ich Sie zu einem Kaffee einladen?« fragte Philippe fröhlich.
»Sehr gern«, lachte ich.
Wir genossen stundenlang die einzelnen Gänge unserer Mahlzeit. Da das Hotel nur wenige Gäste hatte, kümmerte sich das Personal fast ausschließlich um uns. Eine unseres letzten Abends würdigere Herberge hätte Philippe nicht auswählen können.
Später fielen wir in ein riesiges Bett aus dem vorigen Jahrhundert. Es hätte viele Möglichkeiten geboten, doch zu unserem Bedauern waren wir so ermüdet, daß uns nicht in den Sinn kam, sie auch tatsächlich auszuloten. Ich schmiegte mich in Philippes Armbeuge, um zu schlafen,

und er ließ mich mit wohlwollender Nachsicht gewähren.

Wir kamen überein, unseren Abschied bei Bourg zu feiern, dort, wo wir uns zum ersten Mal begegnet waren. Wir hatten Glück. Trotz des wolkenverhangenen Himmels waren die Sonnenschirme auf der Terrasse des Restaurants noch nicht abgeräumt, und da es gerade nicht regnete, konnte man draußen sitzen; wir taten es genau da, wo wir uns vor zwei Wochen als völlig Unbekannte gegenübergesessen hatten.
Was hatte sich in dieser kurzen Zeit alles ereignet! Wie angeschlagen, in meinem Stolz verletzt hatte ich vor fünfzehn Tagen diese Reise angetreten, und wie verändert, ja wiedergeboren kehrte ich zurück!
Wir waren froh, daß nur wenig Betrieb herrschte und keine Zuhörer in der Nähe waren. So konnten wir ungeniert und ohne Anstoß nehmende Nachbarn uns noch einmal gewisser frivoler Begebenheiten erinnern. Es erschien uns nahezu unmöglich, daß uns demnächst eine Phase der Enthaltsamkeit bevorstehen würde.
Wir wählten das umfangreichste Menü, das auf der Karte angeboten war, nur um noch ein bißchen länger beisammen zu sein, und als es wirklich zu Ende war, wollten wir nicht wahrhaben, daß die Trennung endgültig gekommen war. Doch es war ja nur eine vorläufige. Philippe bestand darauf, daß wir in telefonischem Kon-

takt bleiben sollten, und als wir auf dem Parkplatz standen und Abschied nahmen, mußte ich mit den Tränen kämpfen.

Philippe versuchte unsere Trauer mit Scherzen zu überspielen. Wir küßten uns ein letztes Mal. Dann fuhr er in Richtung Paris davon. Noch nie hatte ich eine solche Leere empfunden. Ich fragte mich, woher es kam, daß ich Philippe so schnell und nachhaltig verfallen war, warum ich mich so an ihn gewöhnt hatte.

Mit unseren Küssen, der Umarmung auf dem Parkplatz vor der Terrasse des Restaurants bei Bourg war nichts zu Ende. Unsere Liebe durfte nicht zu Ende sein.

»Vielleicht kommst du mal nach Paris …«

»Ja, vielleicht …«

Wie töricht, diese Abschiedsworte: »Mal sehen« und: »Vielleicht«! Diese Worte, die kraftlos alles offenlassen. Dabei war doch alles so klar …

Als ich, mit meinen Reisetaschen bepackt, meine Wohnung betrat, erwartete mich eine Überraschung, auf die ich gern verzichtet hätte.

»Irgendwann mußtest du ja mal wiederkommen«, sagte Paul. »Aber du hast meine Geduld auf eine harte Probe gestellt.«

Er kam mir im Flur entgegen, und ich stellte meine Taschen ab und mußte mich von dem Schock erst einmal erholen.

»Wie bist du überhaupt hier eingedrungen?« fragte ich erbost.

»Ich habe immer noch einen Wohnungsschlüssel. Hast du das nicht gewußt?«
»Nein. Was willst du hier?«
Er zögerte, lächelte unsicher. »Kannst du dir das nicht denken? Ich will – na ja, ich will noch einmal von vorn anfangen – wenn du einverstanden bist.«
»Und Cézanne?«
»Das ist alles vorbei.«
Ich wollte trotzdem nicht mehr. Mein Kopf war voll von anderen Gedanken. »Nein, Paul. Dazu ist es jetzt zu spät. Das hättest du dir früher überlegen müssen.«
Die Enttäuschung war ihm vom Gesicht abzulesen.
»Du hast wohl einen neuen Liebhaber?« fragte er herausfordernd.
»Nun, als du deine Affäre begonnen und mich verlassen hast, da hast du gewußt, was das bedeutet. Ich bin dir keine Rechenschaft schuldig.«
Ich wunderte mich, wie hart ich war. Vor drei Wochen hatte ich noch mit ihm zusammengelebt. Aber meine Gefühle für ihn waren erloschen. Ich verlangte den Wohnungsschlüssel und warf Paul hinaus.

Am späten Abend meldete sich Philippe. Auf den Anruf hatte ich schon seit Stunden gewartet. Er berichtete, daß der Himmel in Paris regenverhangen sei und nicht vergleichbar mit dem Wetter, das wir an der Côte d'Azur genossen hatten. Fast sei es, als ob der Herbst bereits Einzug gehalten hätte.

Wir redeten über unsere Arbeit und die Post, die sich auf unseren Tischen angesammelt hatte. Und doch erzitterte ich allein schon beim Klang seiner Stimme. Seine Worte entführten mich in eine andere, leuchtende Welt.

»Ich finde, daß wir uns schon viel zu lange nicht mehr gesehen haben«, sagte Philippe. Er lachte, und sein Lachen ging mir durch und durch.

Wie recht er hatte!

Ich verkroch mich in mein Bett und in meine Träume. Irgendwann wachte ich voller Sehnsucht auf, und ich mußte an mich halten, um Philippe nicht mitten in der Nacht anzurufen.

»Wie geht es dir? Bist du genauso einsam wie ich? Ich vermisse ja so vieles: unsere Nächte ohne Ende, die Leidenschaft, die uns gefangengehalten hat, deinen Atem auf meiner Haut ...«

Nachbemerkung

In diesem Augenblick packe ich meine Koffer. Philippe hat mich gebeten, auf einige Monate zu ihm nach Paris zu kommen. Er will herausfinden, ob wir auch dem Alltag gewachsen sind. Außerdem seien unsere Telefonrechnungen viel zu hoch.
Ich habe ohne großes Nachdenken zugestimmt. Meine Schreibarbeit kann ich an jedem Ort erledigen, und die meisten Redaktionen haben ihren Sitz ohnehin in Paris. Meine Wohnung werde ich vorläufig beibehalten. Aber es ist völlig offen, ob ich sie noch einmal brauchen werde ...